契約結婚のはずが、幼馴染の御曹司は溺愛婚をお望みです

目次

契約結婚のはずが、
幼馴染の御曹司は溺愛婚をお望みです

第一章　再会と契約

マットレスの感触を背中に、そして身体全体に感じた。

ベッドに押し倒されたのだと気づいた途端、激しい動揺が湧き上がってくる。

ついさっき私を引き寄せて抱きしめた手は、その力を緩めないまま、私の右手首と左肩をマットレスに押さえつけている。

こちらを見下ろす目は普通でない熱を帯びていて――見間違えようもなく、明らかな情欲《じょうよく》が浮かんでいる。この数か月の間で一度も目にしたことのない、「男」の顔をしていた。

鼓動《こどう》の音がうるさいほどに頭に響く。まるで耳元に心臓が移動したかのようだ。

「……ちょ、っと」

手首を押さえる手にぐっと力がこもったのを感じ、私は慌てた。この状況が何を意味するのか、実際の経験はなくても、察することができないほどに初心《ウブ》ではない。

……大人の男女が一緒に暮らして何も起きないと、本気で思っていたわけではなかった。

だからこういう展開も、それ自体をまったく考えなかったと、期待していなかったと言えば嘘になる。けれど、いざその場に放り込まれると、怖気づく気持ちが湧いてくるのはやはり避けがたい。

「ね、ちょっとだけ、待って」

「ごめん待てない、ダメ？」

そう早口で言った彼が、目の色を変えないままに顔を近づけてくる。

私はそれを拒まなかった。

重ねられた唇は柔らかくて、少しかさついていて……熱かった。

濡れた舌先でなめられて、思わず唇を開くと、それが隙間からすかさず入り込んだ。厚みのある舌が、前歯を、歯茎《はぐき》をねっとりとなぞっていく。

「ん、……ふ、ぅ」

慣れない感触に苦しくなって声が漏れる。

その声に煽《あお》られたのだろうか、舌の動きが大胆になって口内を蹂躙《じゅうりん》する。私の舌に絡んでぴちゃぴちゃと立てる水音が、静かな室内でやけに大きく耳に届いた。

のしかかる身体は思った以上に大きく重くて、仮に身をよじってもたぶん、まったく抜け出せないだろう。もっとも今の私は、自分でも不思議なほど彼に抵抗しようという感情を持っていなかったのだけれど。

それでもこの先を——ほぼ間違いなく起こる展開を想像すると、身体の奥から震えが起こり、止められなかった。

◇

今に至る事の起こりは、半年ほど前にさかのぼる。

その頃、私は七年間勤めていた職場を退職し、実家のある地方都市に帰ってきたばかりだった。

大学進学のために家を出た十八歳の時以来だから、十一年ぶりになる。

もちろんその間に短い帰省《きせい》は何度もしていたけど、今回は違う。地元で再就職するために戻ってきたのだ。

「……はあ」

とはいえ、望んで戻ってきたわけではないから、気分は憂鬱《ゆううつ》だった。降り立った新幹線のホームで、ため息をついてしまう。

東京の大学で建築を学んだ私は、中規模ながらも業界で有名な建築事務所に就職した。

働きながら勉強を続け、二年後には二級建築士の資格も取得。

それ以降の五年間は、事務所の代表である先生や先輩のアシスタント業務をしながら、新旧の建築事情をあれこれ調べて研究したり、一級建築士の資格を取るための勉強を続けたりしてきた。

そしてようやく、小さいながらもメインで案件を任されそうだなと感じていた矢先。

唐突に、事務所を辞めざるを得ない事態に陥ってしまったのだ。

あまりにも理不尽で不本意で、抗議したい気持ちはあったけれど……最終的には泣き寝入りをするしかなかった。

思い出すたびにふつふつと湧き上がる憤りと無力感に、あの日からずっと支配されている。

そのため、今もしばらくこの場から動く気になれなかった。

手近なベンチに座って、旅行カバンを抱える。

戻ってはきたものの、行くところは実家しかない。連絡はしてあるけれど、両親に詳しい話はしていないから、これから問い詰められるのかと思うと憂鬱《ゆううつ》がさらに深まる。

東京に出ることを両親は快く思っていなかった。特に保守的な考えの母は。

『だから言ったでしょう、佐奈子《さなこ》。女一人で東京で暮らすなんて無謀だって』

電話した時に繰り返し、母はそんなふうに言った。私が遭遇《そうぐう》した災難と言うべき事態を正直に話しても、同じように言われるのだろうか。

ふいにこぼれそうになった涙を、何度もまばたきをして散らす。こんな所で泣いたらダメだ。どんなに泣こうと落ち込もうと、今さらどうにもならないのだから。

目元を繰り返し押さえ、なんとか涙が流れ出るのを止めたその時、右側から声がかけられた。

「あれ、穐本《あきもと》?」

振り向いた方向には、ひとりの男性。

スーツ姿で、ビジネスバッグを手にこちらをじっと見ている。その視線のまっすぐさにたじろいだが、相手の整った顔を見ているうちに、徐々に頭の中によみがえってくる記憶があった。

「……あ、もしかして、樹山《きやま》？」

名前を言うと、相手は安心したように笑って、近づいてきた。

「やっぱり穐本か。この新幹線乗ってた？」

「うん、そう……樹山も？」

「ん、昨日から名古屋に出張行ってて。泊まって、今帰ってきたとこ」

樹山はそう言って、屈託《くったく》のない笑みを浮かべた。

「穐本はなんでここに？　大学は東京行ったって聞いたけど、就職はこっちでしてたっけ」

「え、と。ううん、就職も東京で、建築事務所勤めてたんだけど」

思わず過去形で言ってしまい、しまったなと思う。この言い方だと、後に続く部分がないと不自然だ。実際、言葉を区切った私を樹山は首を傾げて見つめている。

何秒か、もごもごと口の中で言葉を転がすようにしつつ迷ったものの、正直に事実を伝えることにした。

「……しばらくこっちで暮らすつもりで、戻ってきたの」

「え。仕事は？」

「先週辞めたところ」

短く言うと、樹山の顔に驚きが広がった。

「なんで？」

「なんで、って」

「穐本、東京で建築士になって自分の事務所を持つんだ、って言ってたのに」

それは中学と高校の頃、私が掲げていた夢だ。

思いがけない人物から聞かされて、戸惑いを隠せなかった。

「……私、そんなこと樹山に言った？」

「あー、えっと」

今度は樹山が戸惑った顔をする。

「直接にじゃないけど、他の女子としゃべってるの、聞いたことがある」

「そう、なんだ」

樹山の説明に、私は当時の自分の姿を思い返した。

あの頃、意気揚々《いきようよう》とそんなことを語っていた自分が懐かしい。

こんなふうに、夢を壊されて戻ってくることになるなんて、想像もしていなかった。

今度こそ押し黙ってしまった私を樹山はどう思っているのだろう。変な奴だなと思われているかもしれない。沈黙が息苦しかった。

適当に「急ぐから、じゃあ」とか言って立ち去ろう。そう考えた時。

「なあ、時間ある？」

「は？」

「俺、思ったより仕事早く終わったんだ。夕方までに報告に戻れば大丈夫だから、一緒に昼飯行かね？」

時計を見ると、十二時十分前。

朝が早かったから、確かにお腹は空いている。けれど。

かつての同級生とはいえ、十年以上ぶりに会った相手だから、少しばかり躊躇《ちゅうちょ》も感じる。学生時代はまあ、男女の性差を気にしないぐらいに、親しく話していたりもしたけれど。

「それとも、なんか急ぐ用事ある？」

問われて、言葉に詰まる。

一緒に行けば確実に、仕事を辞めた理由について追及されるだろう。

……だけどこのまま、まっすぐ実家に帰ったところで、相手が変わるだけで展開は同じだ。いや、身内が話し相手の方が、事情が事情だけにさらに憂鬱《ゆううつ》は深い。

どっちを選んでもたいして変わりないのなら、ここで会ったのも何かの縁だ。申し訳ないけど樹山に、身内に話す前の練習台になってもらおう。そんなことを考えた。

「――うん、別に。急がない」

「なら来いよ。駅前の駐車場に車、停めてあるから」

◇

停めてあると言った車は、車種にあまり詳しくない私でも知っている、外国産の高級車だった。

しかも社用車ではなく自分の車らしい。

ああそうか、忘れていた。

「そういえば樹山、お坊ちゃんだったね」

「……その言い方やめてくれよ」

苦虫を噛みつぶしたような表情を浮かべ、樹山は応じる。

「だって本当のことじゃん」

「だから嫌なんだって」

心底から嫌そうな声音で返された。ごめん、と謝りながら助手席のシートベルトを締める。

樹山昂士《こうじ》は、地元の町で、小学校から高校まで同じだった同級生。

家はそれほど近所ではなかったけれど、同じクラスになる年が多く、他の男子に比べると大人びていたこともあり、わりと自然に話せる相手だった。

そういう意味では「幼馴染」という表現ができるかもしれない。

ずっと地元の公立校に通っていたけれど、樹山は周囲からいつも注目される存在だった。不動産業から身を起こし、今では大手の旅行代理店や保険代理店も傘下《さんか》におさめる、樹山物産。その若社長の息子となれば、目立たないはずがなかったのだ。

彼が名門私立などへ行かずにごく普通の公立に通っていたのは、一般人の感覚を知ることが大事という、家の方針のためだったらしい。

目立っていたとはいえ、小学校時代はまだ、そうでもなかった。

先生たちにとっては特別視せざるをえない存在だっただろうけど、私たち児童の間では「他よりちょっとお金持ちの家の子」ぐらいの認識だったのだ。

中学、高校へと上がるにつれて、さすがに私たちも、樹山と自分たちの住む世界に違いがあることを、薄々ながら感じざるを得なくなっていったけれど。それでも他の男子とある程度友人関係は築いていたようだし、当時から見た目が良かったから女子の人気も高かった。

「なんか食いたいものある？　それか行きたい店」

「特にない、かな。今だとどこも混んでるでしょ、適当でいいよ」

「んじゃ、任せてもらっていいか」

一瞬迷ったけど「……ん、お任せする」と返す。

なんとなく、普段行き慣れないような所へ連れて行かれる気がしたのだ。

そしてその予想は当たった。

車が入っていったのは、名前しか知らないような高級和食店に隣接する駐車場だった。

いかにも老舗です、といった和風建築の看板を上目遣いで見ながら、おそるおそる尋ねる。

「ここって、いくらぐらいするの？」

「気にすんなよ。俺が誘ったんだから、奢《おご》るぐらいする」

何でもないように樹山は答えた。奢《おご》る、と言ってもファミレスや街中の定食屋とは桁《けた》が確実に違うだろう。そんな鷹揚《おうよう》さはさすが「お坊ちゃん」だと思ったけれど、だがしかし。

「そ、そんな。悪いわよ」

「いいって。会員だから安くしてもらえるし」

「安くったって……」

「今の気分だったら落ち着くとこの方がいいだろ。違う？」

問われて、はっとする。

確かに今はまだ、東京から引きずってきた憂鬱《ゆううつ》が去り切っていない。静かで落ち着く場所に行きたい、という思いがなくはなかった。

けれど、そんなに、外から気分がわかるほどに、あからさまだったのだろうか。

「……私、さっきどんな顔してた？」

「ホームで？　うーん、なんか、この世の終わりって言ったら大袈裟《おおげさ》だけどさ、希望が全部なくなっちゃったって感じに見えた」

うわ、と思わず呻《うめ》いてしまった。

そんな顔を、あの時ホームにいた人みんなに見られていたのか。恥ずかしい。

「安心しろよ、今はだいぶマシだから。行こう」

と、樹山は先に立って店の暖簾《のれん》をくぐっていく。観念して私も後に続いた。

そこだけで私が暮らしていたワンルームが入ってしまいそうな、広い玄関。私たちが入るのと同時に出てきた、群青色《ぐんじょういろ》の着物姿の仲居《なかい》さんが目を見開く。

「まあ、樹山様。ようこそいらっしゃいませ」

「こんにちは。急ですみませんが離れ、取れますか」

「ええ、空いておりますよ。女将《おかみ》を呼んでまいりますのでお待ちください」

仲居《なかい》さんが下がってほどなく、鈍い赤色の着物を着た年配の女性が、奥から姿を現す。

「樹山様、ようこそお越しくださいました。お久しいですね」

「お久しぶりです。いつものコース、二人分で」

「かしこまりました。さあ、どうぞお上がりくださいませ」

樹山は慣れた様子で靴を脱ぎ、再度出てきた仲居《なかい》さんに預ける。少々おどおどしながら、私も同じようにした。

磨きこまれた長い廊下を、建物の奥へ奥へと進んでいく。

いくつもの障子《しょうじ》の前を通り過ぎ、さらに小さな渡り廊下を過ぎると、そこが樹山の言っていた「離れ」だと想像できた。二十畳ぐらいの広大な和室からは、整えられた枯山水《かれさんすい》の庭が見渡せる。

廊下の途中でさっき、ガラス窓越しに見た中庭とは違うから、この離れ専用の庭なのだろう。

職業意識がうずいて、つい、室内や庭を眺め回してしまった。

「じきにお食事を運んでまいりますね。ではお寛《くつろ》ぎください」

正座で品良く頭を下げ、女将《おかみ》さんは襖《ふすま》の向こうに姿を消す。

はっと我に返ると、樹山が柔らかい笑みを浮かべてこちらを見ていた。顔立ちが整っているだけに、そんな表情で見つめられると反射的にドキリとする。

自分のその反応と、さっきまでの自分の様子を思い返して、焦りが湧いてきた。

「ご、ごめん。つい」

「謝ることないって。そういう稚本、久しぶりに見た」

「そういう、って」

「気になるもんがあると、めっちゃ目輝かせて嬉しそうに見てる」

「……そんな、あからさま？」

「ん、中高の時から変わってない」

樹山はごく普通の口調で言ったけど、私は恥ずかしさを抑えられなかった。

まったく自覚がないわけではなかったけど、ずっと近しかったわけではない樹山にまでそんなふうに見えていたとは。

「その、なんていうか、職業病で」

「わかるよ。俺も仕事と近いことだったら、つい観察しちまうから」

焦った口調の私の言い訳に、樹山はさらりとした口調で同意を示した。

驚かれたり変に思われたりしていないのはいいけど、なぜだか微笑ましいものを見るような表情で見られるのも落ち着かない。

「お待たせいたしました」

そのタイミングですっと襖《ふすま》が開き、さっき玄関で見かけたのとは別の仲居《なかい》さんが現れる。

すでに座って落ち着いている樹山と、顔を真っ赤にして立ち尽くしている私を見て、きっと不思議に思っただろう。だが疑問を顔に出すことなく、お盆《ぼん》を手に、仲居《なかい》さんは部屋に入ってきた。

料理を並べるのだろうと察して、慌てて座布団の上に座る。

「先付《さきづ》けでございます」

見るからに上品で、なおかつ高そうな、二段式の陶器《とうき》がそれぞれの前に置かれる。

蓋を開けると、タレのかかった胡麻豆腐《ごまどうふ》らしきものや菜っ葉のお浸し、エビや穴子の八幡《やわた》巻《ま》き、黒豆などが入っていた。

「俺が車だから酒は頼んでないけど、穐本は飲む？」

「え、う、ううん。昼間からはいらない」

「じゃあ食おうか。いただきます」

「いただきます」

手を合わせ、おそるおそるお箸《はし》を手に取り、先付《さきづ》けの器から豆腐を切り分ける。

口に入れるとやっぱり胡麻の味がした。けれど今まで食べたどの胡麻豆腐《ごまどうふ》よりも濃厚で、それなのに後味はすっきりしている。

「美味しい」

思わず感想を声に出すと、向かいの樹山が目を上げて、よかったというふうに笑う。

その顔を目だけ動かして見ながら、格好良さが際立っているなとあらためて思う。

小学生の時から目立つ顔立ちだったし、中学から高校にかけては充分イケメンと呼べる成長ぶりだったけど、十年以上の隔たりのせいなのか何なのか、今は動作のひとつひとつが絵になるレベルでカッコいい。

その見た目と、素性も相まって、学生時代から当然ながらすごくモテていた。

けれど告白する女子は案外少なかったと聞く。彼の背負う「家」のレベルが大きすぎるので、恐れをなしていた子たちも多いのかもしれない。

それでも、学生の間だけでも付き合ってみたいと、なけなしの勇気を出す女子もいくらかはいた。

しかし、聞く限りでは樹山は、中高の間は誰とも付き合わなかったようだ。

あまりにも平等に誰もが断られるので、一部の生徒の間では「家が家だからもう婚約者がいるんじゃないか」「いや、密かに想ってる相手がいるのかも」といった噂が広がっていたほどである。

「食べないの？」

いつの間にかお箸《はし》が止まっていた私に、樹山がそう尋ねてくる。

「え、あっ。ごめん、考え事してた」

「ならいいけど。口に合わないのかと思った」

「そんなことない、大丈夫」

今まで食べたことがないぐらいに上品で深い味付けと、離れの静謐《せいひつ》な雰囲気に腰が据わらない心地はするけれど、ちゃんと料理の味は感じられる。

それは一緒に食べる相手が樹山だからだろう。

彼には不思議と、男女につきものの隔たりというか、性差を意識する感覚が鈍くなる。

昔から「格好良い」とは思っていたけれどそれはどこか、アニメのキャラやドラマの登場人物に対して思う感じだった。なんとなく、現実でない所にいるような、そんな認識なのだ。

だからなのだろう、樹山と一緒にいても、それ自体に緊張はしない。高校を卒業して以来、十一年ぶりの再会だから、その意味でのぎこちなさはあるかもしれないけれど。

でも、新幹線のホームで会ったのが樹山でなかったら、実家に帰る前に話の練習台になってもらおうなんて考えなかっただろう。

彼だったら、こんな話にも嫌な顔をせず付き合ってくれる。

直感的にそんな気がしたのだ。

――けれど、料理が椀盛《わんも》りからお造《つく》り、焼き魚から季節野菜の煮物へと進んでも、樹山は私に

「なんで仕事辞めたの？」とあらためて聞いてはこない。ホームでの様子からすると、気になっているには違いないのに。


考えているうちに、天ぷらに茶わん蒸し、季節の筍《たけのこ》ご飯とお味噌汁も食べ終えた。

そしてデザートの甘味、黒蜜わらび餅と抹茶《まっちゃ》ティラミスが出てくる。

最初から最後まで美味しい料理を味わえて、それはとても幸運で有り難いのだけど――何も尋ねないのなら、どうして樹山は私を食事に誘ったのだろうか。このまま聞かずに別れるつもりなのか。

無言でほうじ茶をすする樹山に、思い切って私の方から尋ねた。

「ねえ、樹山」

「ん？」

「気になってないの？」

「何が」

「……私がなんで、東京での仕事を辞めたのか」

「気になってるけど」

「だったら――」

「なんで聞かないのか、って？」

機先を制するように言いながら湯呑《ゆの》みを置いて、樹山がこちらをじっと見た。

再会した時に私を見ていたのと同じ、まっすぐな眼差しで。

「穐本が話したいなら聞くよ。でもさっき、あんまり話したくなさそうに見えたから、俺からは聞かない方がいいのかもって思った」

「…………」

そうはっきり言われると、言葉が続かない。

だけど、こんな豪華なお昼をご馳走《ちそう》になりっぱなしというわけにはいかない。今は落ち着く所の方がいいだろうとか、聞かない方がいいのかもとか、かなり気を遣ってくれてもいる。

事実の一部を話したのだから、他の部分も話せるところは話すのが筋だろう。

気になってると言った彼に、私を問い詰める意図がないのだとしても。

「ごめんね、気を遣わせて」

「いや全然」

相変わらず鷹揚《おうよう》に、樹山は応じてくれる。

この状況で、それに甘えてばかりはいられない。私は心を決めた。

チチチ、と何かの鳥が鳴く声が静寂《せいじゃく》の中に響く。

鳴き声の余韻《よいん》が消えるタイミングで、口を開いた。

「――実は、勤めてた事務所をクビになったの」

静けさに負けないよう、声を張る。

最後まできちんと話すための、気合い入れの意味もあった。

「クビ？　穏やかじゃないな。何があったんだよ」

目を見開いた樹山に、私はぽつぽつと順を追って話をしていく。

◇

新卒で入ることができた建築事務所は、中規模だけれど有名な事務所だった。

施主《せしゅ》の依頼を丁寧に反映した仕事をすることで高い評価を受けていたのだ。なので、事務所代表の一級建築士の先生は、業界ではそれなりに名の知られている人である。

私の入所当時は、主にアシスタント業務をする二級建築士が二人、受験浪人をしながら助手を務める若手が数人いた。アシスタントだった先輩二人のうち、一人は六年前に一級の資格を取り、二年前には故郷《こきょう》に戻って自分の事務所を開いた。

まだ三十代前半での独立で、私も頑張らないとと思わされる目標の人だった。

そして私自身は、大学在学中の資格試験合格は叶わず、受験浪人で入所した。けれど、仕事しながら懸命に勉強して五年前に二級建築士となった。一級はさすがに難しくて、まだ合格できていない。

日々の仕事をこなしながら、建築の研究と試験勉強を続けるのは、大変ではある。

けれど夢見ている独立起業のためと思えば睡眠時間が少なくても、参考書を買うために食費を切りつめても平気だった。

そんなふうに、就職してからの年月を精一杯頑張ってきたのだ。

それが一瞬で水の泡になるなどと、どうして予想できただろう。

きっかけは今年の四月、新年度が始まった初日だった。

新卒の女の子がひとり、新しい助手として入ってきたのだ。中邑《なかむら》ゆかりと名乗ったその子は、誰が見てもおとなしそうな、そして可愛らしい女性だった。

控えめで聞き上手、話し上手な彼女は、すぐに事務所の全員と打ち解けた。

そして、先生ともよく会話をしていた。ともすれば割り振られた仕事を後回しにしてまで話し込んでいたけれど、誰もがそれは勉強熱心の賜物《たまもの》だと信じて疑わなかった。もちろん私も。

そうじゃなかったのだ、と知ったのはゴールデンウィークが始まる少し前の、金曜日。

仕事が終わって事務所を出て、駅に向かっている途中。私は忘れ物を思い出した。

それはお弁当箱で、手元になければ当然お弁当を作る時に困るし、週明けまで放っておいたら匂いもついてしまう。そう思って、だいぶ駅に近い場所にいたけれど引き返し、事務所のセキュリティキーを使って裏口から入った。

ロッカールームに置き去りになっていたお弁当箱を持って出ていこうとした時、ふと、途中の先生の部屋が気になった。

建物に入った時から、灯りがもれているのには気づいていた。

先生が居残って仕事をするのは珍しくなかったし今日もそうだから、と考えて流していたけれど、もう一度通りかかってみると、なんだか変な感じがする。

静かなせいで、自分の足音もひそめるように歩いていたからだろう。部屋から漏れ聞こえてくる妙な声に、気づいてしまった。

それは悲鳴のようでもあり――喘《あえ》ぎ声のようでもあって。

不安と好奇心を抑えきれず、閉まり切っていなかったドアの隙間をそっと広げ、覗いてしまって。

見えた光景に釘付けになった。


――椅子に座り、服を着崩した先生。


その先生の膝《ひざ》にまたがり、上半身が下着だけの姿で抱きつく中邑さん。

二人が抱き合いながら煽情的《せんじょうてき》に身体を揺らす姿が、そこにあった。

そしてほどなく向こうも、固唾《かたず》を呑んで覗いている私に気がついて、そろって目を見開いた。

◇

チチッ、とどこかでまた鳥が鳴いた。

「つまり、二人が不倫《ふりん》してた現場を見ちまったってことか」

確認するように尋ねる樹山に、私はうなずいた。

今年四十八歳の先生は既婚者だ。子供はいないけれど、見る限り聞く限りでは奥さんを大事にしている様子だったから、愛妻家だと思っていた。

そうではなかったというのと、不倫《ふりん》相手が後輩の女の子だという事実で、二重にショックを受けている私に対し、二人は実に堂々としたものだった。

恥ずかしがる様子もなく服を着直し整えて、先生が先に立ち、立ち尽くす私の前に二人で近づき、ドアを大きく開けた。そして。

「このことは誰にも言うなって言われたわ。もししゃべったら、不倫《ふりん》をしていたのは君の方だって言うよ、って」

「はあ？　なんだそれ」

義憤《ぎふん》の感情を隠さずに応じる樹山と同じことを、私もその時思った。

ショックを受けた頭でも、無茶苦茶なことを言われているのは理解できた。

だから、そんな事実無根の話を誰が、と反論しかけたけれど『もしそういうふうになった時、世間が信じるのはどちらか考えてみたら、わかるだろう』と返されて、口ごもった。

世間に認められる実績がある建築家の先生と、まだ二級資格のアシスタントに過ぎない私。立場が弱いのは間違いなく、私の側には違いない。

そして追い打ちをかけるように先生は続けたのだ。

『中邑さんは、衆議院《しゅうぎいん》議員の中邑篤俊《あつとし》氏のお嬢さんだ。騒ぐと君のためにもならないよ』

「中邑って、与党の幹事長を務めたことのある？」

「そう……そこまで言われたら、もう黙っとくしかないって感じでしょ」

温和な先生の見たことのないような意地悪い表情と、中邑さんの勝ち誇ったような笑みが、今も脳裏に焼き付いている。

その後、事あるごとに後輩がやるような雑用や残業を押し付けられるようになり、自分の仕事が進めにくくなった。周りの不審な目にも先生や中邑さんは当然ながら理由を説明などせず、私も何とも話しようがなくて、どんどんいづらい雰囲気になった。

辞めようと決めるまでに、二週間もかからなかった。

他の人にはきっと、先生を怒らせる不始末をしたとでも思われていただろうけど、仕方ない。

踏ん張って留まったとしても、あの事務所にいる限り、まともな仕事は回してもらえないだろうから、いる意味はもうなかった。

退職して、住んでいたアパートを引き払い、地元に戻ることにした。

東京で再就職すれば、いつ先生たちと顔を合わせてもおかしくないし、何かのきっかけで今回の件が変なふうに——それこそ、私が当事者のように伝わらないとも限らない。

とはいえ、まったく知らない街では不安がある。故郷《こきょう》に近い所で求人情報を探してみると、タイミング良く、建築士を募集している事務所がひとつあった。他の職種も頭をよぎらなくはなかったけれど、やっぱり私は、建築の世界で仕事がしたいと思った。

再就職先は決まったものの、理不尽さに泣きたくなる気持ちは胸に長く残って、なかなか消えずにいた。

それをまた思い返してしまっていた新幹線のホームで、樹山と再会した——というわけだった。

「最っ低な奴だな、その先生っての」

全部話し終えた後、憤りもあらわに樹山がそう評した。

事情を正直に話したのは今が初めてで、だからこそどういう反応をされるか不安だったけど、思った通り、樹山は最後までしっかり聞いてくれて、なおかつ怒ってくれた。

同級生という以外に関わりのない私の不運に対して。

「訴えてやろうとか、思わなかったのか」

「全然思わなくはなかったけど……あの二人が不倫《ふりん》関係っていう確実な証拠を持ってたわけじゃないし、私ひとりが見たことだけだと限界があると思って」

それに、事実無根とはいえ、不名誉な噂を広められるのは避けたかった。

この業界は広いようで狭い。ふしだらな女だという評価が付いたら、家庭的なイメージの強い戸《こ》建《だ》ての案件には関われなくなるかもしれないし、それ以外の案件でも、悪い印象の付いた建築士ではどこも使ってくれないかもしれない。

そう考えるととても、自分の正当性を声高に主張する気にはなれなかった。

「度胸がないでしょ、私って……笑ってもいいよ」

自嘲《じちょう》ぎみに言うと、樹山は憤りをおさめないままに「笑うわけないだろ」と返した。

「どう考えたって、悪いのはその二人だろ。なのに目撃した稙本を脅すなんて、逆切れもいいとこじゃないか。もっと早く知ってたらいい弁護士紹介してやれたのに。今からでも手配しようか？」

真剣な口調で提案されて、一瞬心が揺れたけど、首を振った。

「ううん、気持ちは有り難いけど、もういい。今さらあの事務所に戻ってもしかたないし……むしろ戻りたくないし、早く忘れちゃいたいから」

ことさらに明るい口調で言ってみると、それもそうか、と樹山は同意してくれた。

「稙本がそう思ってるなら、それでいいけど……腹の立つ奴らだな。いつか絶対、天罰《てんばつ》食らうぞ」

意外と古めかしいことを、吐き捨てるように言った後。

「もし今後、なんか困ったことが起きたら相談してくれよ。できるだけ力になるから」

「ありがとう」

どこまでも真面目に気遣ってくれる樹山に、私は感謝を込めて頭を下げる。

「そういえば、こっちに戻ってきて仕事する所はあるのか？　アテがないなら、うちの系列の会社とか世話できるけど」

「それは、大丈夫。昔の先輩がこっち出身の人で、個人で建築事務所開いてるの。そこで働かせてもらうことになってるから」

「そっか、ならよかった」

本当に「よかった」というふうに樹山は表情を緩める。

「ちなみに、なんていう事務所？」

「エバーフォレスト建築事務所、ってところ」

「……エバーフォレスト？」

「知ってるの？」

「あ、いや。いい響きの名前だなって」

なぜか焦ったように言う樹山に、私は説明した。

「所長の先輩が、永森《ながもり》さんっていうの。永遠のエイに木が三つの森。だからエバーフォレスト」

――なるほどと言うようにうなずいた樹山だけど、なんだか心ここにあらずというふうに見えた。

「おいしかったです。ご馳走《ちそう》様でした」

「ありがとうございます。どうぞまたお越しくださいね」

優しい笑顔で見送ってくれた女将《おかみ》さんにお礼を言い、店を出る。私はまた樹山の車に乗せてもらって、実家の最寄り駅まで送ってもらった。

その頃にはもう、午後三時半を過ぎていた。

「こんなとこまでありがとう。仕事、大丈夫なの」

「何とでもなるから。気をつけてな」

「うん、樹山も運転気をつけてね」

「ああ。しつこいようだけど、困ったことが起きたら連絡しろよ」

そう言って、樹山は名刺を渡してきた。私の名刺は古いやつだから、スマホの番号とメッセージアプリのＩＤをメモに書いて渡す。

とはいえ、今後はもうそんなに会うことはないだろうな……と思って別れた樹山と、三か月後に再会するとは考えていなかった。

あまつさえ。


「――じゃあさ、いっそ結婚しちゃおうか、私たち」

「え？」

「そしたらお互い、うるさいこと言われなくなるんじゃない？」

「……そうだな、いい考えかも」

そんな会話を交わして、期間限定の「契約結婚」をすることになるなんて。

誰が想像しただろうか。

第二章　結婚と約束

「よろしくお願いします」

声を合わせて窓口に届けの用紙を出すと、対応した職員さんがそれを見て、満面の笑みになった。

「ご結婚ですか。おめでとうございます！」

「ありがとうございます」

「ありがとうございます……」

職員さんのよく通る声がフロアに響いて、その場にいた人たち皆——他の職員さんのみならず役所を訪れていた人にも、拍手されてしまう。

そんな周囲の反応にも樹山は堂々とした態度だったけれど、私はいたたまれない気持ちで肩を小さくした。

「こちら、必要なお手続きの一覧になっていますので、よくお読みになって手続きなさってください」

渡された、様々な住所氏名変更手順などの一覧表を受け取った樹山は「ほら、要るものだろ」と私に差し出してくる。

「え、……あ、そうか」

「しっかりしろよ、奥さん」

奥さん、と言われてむず痒いものが背中を這い上がる。

はい、と小さく返事をする私を、職員さんをはじめ周りの人は、微笑ましいと感じているのがありありとわかる表情で見ていた。

遅れて会社に行くという樹山を、役所の正面口を出るところまで見送る。

「じゃあ、俺はここで」

「わかった」

「ほんとに送らなくていいのか？」

「うん、手続き時間かかると思うから。運転気をつけて」

「ああ、サンキュ。じゃ行ってくる」

「行ってらっしゃい」

運転席で、手を上げて軽く振った樹山に、私も手を振って応じる。

車を見送って、建物の中に戻りながら、考えた。

……さて、どうしてこんなことになってるんだっけ。

三カ月前に再会したばかりの元同級生、幼馴染と言ってもいいような相手と、期間限定とはいえ結婚だなんて。

各種保険の手続きは四階です、と案内の人に教わりながら、慌ただしかったこの三ヵ月間のことを私は思い返していた。

◇

実家に戻ったあの日、当然ながら両親に、どうしていきなり職場を辞めたのかと聞かれた。

この七年間、ゴールデンウィークもお盆《ぼん》もお正月も毎回は帰らなかったほど仕事に没頭していたのを知っているから、当然の質問ではある。

樹山に事情を打ち明けたことで、少し気が楽にはなったけれど、やっぱり大層な出来事だよなという思いを新たにもした。

だからあれからもいろいろと悩んで、最終的に両親に説明した第一声はこうだった。

『……ちょっと、ね。急にこっちが恋しくなってきて』

『あら佐奈子。あんたらしくないことを言うわね』

母にそう言われ、ドキリとした。

けれど上目遣いで顔を窺うと、案外嬉しそうな表情をしている。

一人娘だからと、東京に行く前だけでなく行った後も事あるごとに「帰ってきなさい」と言っていた母だから、故郷《こきょう》を懐かしむ言い訳は意外とツボにハマったのかもしれない。

それは父も同じだったようで『本当か？』と懐疑的《かいぎてき》に言いながらも声音は穏やかだ。

『本当よ。それにほら、先輩が事務所こっちで開いたしね。そろそろ地元で仕事してもいいかなって、最近思ってたの』

『まあ、ほんとに？』

大きい仕事するなら東京が一番、と繰り返し発言していた私を覚えているであろう両親はしばし訝《いぶか》しんでいたけれど、私は『ほんとだってば』で押し通した。

不倫《ふりん》だのパワハラだのといった内容を、上京を渋っていた両親にそのまま話すことはやはりためらわれた。東京なんかに行くから面倒なことに巻き込まれたと受け取られるのは嫌だったし、それ以上に気を遣わせたくなかった。

娘が理不尽な目に遭ったと怒らせたり、悲しませたりはできれば避けたい。樹山に話して少しだけ肩の荷が下りたような気分になったからか、私はそんなふうにも考えるようになっていた。

それにもともと、地元で仕事してほしいと思っていたのは両親の方。

だから最終的には私の説明に納得してくれた……と思う。

職場までは実家からも通えなくはなかったけれど、片道一時間半は毎日だとつらいなと思ったから、一人暮らし用の物件をすぐ探し始めた。

……それに正直、実家暮らしは今さら、する気にもなれなかった。

何かといえば母が「結婚」を話題に出すからだ。もう三十になるんだから真剣に考えなさいとか、アテがないなら博美《ひろみ》叔母さんに頼みましょうか、とか。

博美叔母さんというのは、私から見ると母方の大叔母で、顔が広い人として親族内では有名だ。交友関係の広さを活かして、個人的にお見合いの仲介役をしてもいる。

いとこやはとこが何人か、実際に大叔母の世話になったりしている。

以前から「結婚は早く決めなさい」が口癖だった母のことだから、そのうち見合い写真を本当に預かってくる予感がして、危機感を覚えたのだ。表立っては何も言わない父も、口を挟まないことで逆に、母に賛同しているのではないかと感じた。

幸いなことに、一週間ほど探した結果、タイミングよく空いたばかりの部屋を実家と職場の中間あたりに見つけられた。いったんは実家に置かせてもらっていた荷物を新居に運び込み、十日後には引っ越しを済ませた。


――先輩である永森さんが経営する、「エバーフォレスト建築事務所」に初めて出勤したのはさらに数日のち、六月二週目の月曜日のこと。


「はじめまして、穐本佐奈子と申します。よろしくお願いいたします」

「こちらこそお願いしまーす！」

「これからよろしくね」

エバーフォレストの構成人員は、代表の永森さんと、アシスタントの二級建築士の男性が一人、助手の女性が一人。以前の半分以下の人数だけど、その分アットホームな印象を受ける。

東京の事務所は、先生の知名度があった分、互いに競い合う空気が強く漂っていた。その空気が嫌いなわけではなかったけれど、困った時に相談したり疲れた時に愚痴《ぐち》り合う関係にはなりにくかったのも確かだ。

忙しいせいもあってか、懇親《こんしん》目的の飲み会などもあまり行われなかった。

初出勤の日は仕事が早く終わり、私の歓迎会が開かれた。最寄り駅前の商店街にある居酒屋に行き、四人でテーブルを囲む。

アシスタントの男性は平川《ひらかわ》さん、助手の女性は六旗《むつはた》さんという。

その二人は一時間半ほど飲み食いした後、関わっている案件の下見が明日朝早くにあるからと言って先に帰っていった。

なんとなくコソコソとした様子を怪しんでいると、二人が店を出ていった後、永森さんが教えてくれた。

「あの二人、付き合ってるんだよ」

「え、そうなんですか」

「うん。平川くんが一級を取ったら結婚するんじゃないかな」

平川さんは私と同じ年齢、今年三十歳と言っていた。

六旗さんは新卒二年目らしいから、二十四歳だろう。

「二人は僕に気づかれてないと思ってるけど、わかっちゃうんだよね。仲がいいのは結構だけど、いつ『できちゃった婚』してもおかしくない感じで。だからもう一人アシスタントが欲しかったんだ」

それで、新卒や中途、年度区切りに関係なく募集が出ていたのか。

私にとってはラッキーだった。

……それに、私には当分、結婚方面の縁はなさそうだし。

そう考えたタイミングを見計らうように、永森さんが言った。

「穐本さんは自分の時間より仕事が好きってタイプだったろう。こう言っちゃなんだけど、君だったら恋愛を優先して仕事をおろそかにする心配は絶対にないだろうな、と思ったから」

歯に衣着せない物言い。当人にきっと悪気はないのだろうが、ちょっとばかり言い方が直截的すぎるきらいがあるのだ。

そういえばこういう人だったなと、若干の懐かしさと困惑を覚える。

表に出す反応としては、苦笑いを浮かべて「ええ、まあ」と言うに留めておいたけれど。

実際のところ、永森さんの言うことは良くも悪くも事実ではある。

三十年近く生きてきて、正式に付き合った人は二人いたけど、私が仕事に熱中しすぎるのを理由にどちらからも振られてしまっていた。

言われた通り恋愛よりも、仕事に時間を使う方が私にとっては楽しく、重要だったのである。

「で？　仕事大好きな穐本さんが、なんだってこんな中途半端な時期に辞めたの」

永森さんに問われ、ちょっと迷った。

けれどかつて同じ事務所に勤めていたという親近感もあって、結局、私は正直に事情を話した。

内容が内容だけに、周りの人に聞こえないよう配慮《はいりょ》しながら。

永森さんにとっても「恩師《おんし》」である先生の話だから相当驚くかと思ったけれど、最初にちょっと目を見張ったぐらいで、あとは話の最後まで落ち着いた態度を崩さなかった。

そして話が全部終わった時、やれやれと言いたげなため息をついた。

「またか……」

「え、何ですか『また』って」

「ああ、君がいない頃の話なんだけど。あの先生、前にも同じようなことしでかしてるんだよ」

「えぇ!?」

「その時は、穐本さんみたいな扱いを受けた人はいなかったけどね。見たのが僕だけだったし」

「え……」

「先生、硬派《こうは》な愛妻家に見せかけてるけど、気に入った子から声をかけられると断らない人なんだよ。前に関係持った相手は、僕の先輩だった。穐本さんが入ってくる前の話だから、けっこう昔になるけどね」

あの時は衝撃だったなあ、と永森さんは遠い目をしながら回想する。

「実はその先輩にこっそり憧れてたから。先生は男としても魅力ある人だし、まだ資格も取れてなかった半人前の僕じゃ太刀打《たちう》ちできないのはわかってたけど、それでもね」

「……」

「いろいろ考えたけど、先生にも先輩にも不名誉なことだから、と思って誰にも話さなかった。話せなかったたって言う方が近いかな。まあ結局、二人はいつの間にか別れたみたいだったし。それから一年しないうちに先輩は、大学時代の同級生って人と結婚して事務所を辞めたんだ」

「そうだったんですね……」

私が入る前だったとはいえ、以前にも同じような出来事があったのか。

普段は温和でスタッフへの気配りも欠かさない、できた先生だったから、そんな一面があるとは想像したこともなかった。

長い期間事務所にいたのに、片鱗《へんりん》にも気づけなかった自分が、ちょっと鈍すぎて情けない。

「それは仕方ないよ。先生がそんな人だなんて、僕も思ってなかった。裏の面を隠すのが上手かったんだろう。そのわりに、事務所の自分の部屋を使うとか、抜けてると言えば抜けてるけどな」

永森さんが苦笑を見せたので、私も同じように、少しだけ笑った。

複雑な気持ちを共有できる相手が身近にいるのは、有り難いと思う。自分ひとりで考え込まなくて済むから。

まあ、この問題がまたクローズアップされてくるような事態にはならないと思うけれど。

今後はこの環境で精一杯仕事に取り組むのみだ。


――それからの日々は、充実していた。


前の事務所が請けていたような、企業や官庁などが関わる大きい案件はほとんどなくて、個人宅の戸建《こだ》ての相談が多い。けれどこんなご時世でも――否、こんなご時世だからこそか、マイホームは普通の人にとっての「人生における夢、目標」らしい。

どの施主様《せしゅさま》、ご家族からも、少しでも理想の家に近づけたいという気持ちが、こちらにビシバシ伝わってくる。その期待に応えるために力を尽くすことに、とてもやり甲斐を感じる毎日だ。

当然ながらというかその反面、良くも悪くも施主《せしゅ》側のこだわりが強くなりすぎて、意見が衝突したり無理難題を言われたりする時もあるけれど。

そういう場合に折衝《せっしょう》して、妥協案を探すのも、私は案外嫌いじゃない。

毎日忙しくしているうちに、あっという間に最初の一ヵ月は過ぎ、新天地での二ヵ月目に入っていった。

◇

その二ヵ月目も終わろうとしていた、八月の初旬。

災害級の暑さです、と毎日言っている気がするテレビの天気予報を観てから出勤すると、永森さんにデスクから手招きされた。

「おはようございます。何でしょうか」

「おはよう。今日の午後イチでね、ちょっと大きな仕事の件で施主《せしゅ》側の担当者が来るんだ。いい経験になるだろうから稙本さんにも同席してほしいと思って」

「わかりました。どんな仕事ですか？」

「オフィスの改装。具体的には保険代理店の店内改装だね。駅前にあるの知ってるかな、『保険メルカート』」

「はい、見たことあります」

「あそこの改装を今年の初めにやったんだよ。その評判がよかったみたいで、この辺一円の営業店もやってほしいって言われててね」

『保険メルカート』はその名の通り、様々な保険会社の紹介や、加入手続きを取り扱っている代理店。全国展開していて、テレビCMも流れていたはずだ。

……あれ、そういえば『保険メルカート』って……？

思い出しかけた私の思考を、永森さんが続けた言葉にさえぎられる。

「一時過ぎには担当者が来ると思うから、心づもりしといてくれる？」

「承知しました」

というわけで、手元にあった仕事をできるだけ午前中に進めて、永森さんに言われた時間を待った。

昼ごはんも早めに食べ終え、歯磨きと化粧直しをして、迎えた午後一時過ぎ。

事務所の応接室にやってきたのは、ある意味では予想内で、でもやっぱり予想外の人物。

「失礼します。永森さん、こんにちは」

「樹山さん、ようこそ。こちらはアシスタントの穐本です」

「……あ、穐本と申します。はじめまして」

「はじめまして、樹山です」

「彼女は最近うちに入ったばかりですが、優秀な人材でして。今回ご依頼の件では補佐を務めてもらうつもりです」

名刺交換しながら、担当者――としてやってきた樹山と、初対面を装って挨拶する。

非常に背中がこそばゆい。

「うちはかまいませんよ。永森さんがおっしゃるのなら、本当に優秀な方なんでしょう。よろしくお願いいたします」

「こ、こちらこそよろしくお願いします」

声が若干裏返り、挙動不審《きょどうふしん》ぎみな私に、永森さんが問いかける。

「どうしたの、穐本さん」

「……すみません。ちょっと、緊張して」

苦しい言い訳に違いなかったけれど、永森さんは気に留めなかったみたいで「ああ」とうなずいてくれた。

「『保険メルカート』が樹山物産の子会社なのは知ってたよね。けどまさか、そこの御曹司《おんぞうし》が来るとは思わなかった？」

「ええ、まあ……」

「四月から『メルカート』の西日本統括マネージャーを務めてるんです」

樹山はそう説明し、話を続けた。

「私の就任前に永森さんが改装を担当してくださった店が、非常にお客様からの評判が良いと伺いまして。ぜひ継続してお願いしたいと思った次第です」

「そう言っていただけて、建築家として大変有り難いです。微力ながら、御社のご発展に貢献《こうけん》させていただきたく思います」

和やかに頭を下げ合っている姿からは、お互い相手に敬意を払っているのが伝わってくる。

永森さんの方が五歳上だけど、三十歳前で子会社のエリアマネージャーになった樹山に対しては一目置いているようだ。

もちろん施主《せしゅ》側の人間、仕事の依頼者だということもあるだろうけれど。

「さて、具体的なお話をお伺いしようと思いますが……ああ、ありがとう」

お茶を運んできた六旗さんに、永森さんが声をかける。最初に来客の樹山へ、次に永森さん、最後に私の前に麦茶の入ったグラスが置かれた。

「ありがとうございます」

お茶が置かれた時に樹山が向けた微笑みに、六旗さんはわかりやすく頬を染めた。

平川さんも悪くないルックスなのだけれど、こっちはレベルが違う。

まあ申し訳ないけれどたいていの子はそうなるよね、と思った。表には平川さんがいるんだから、戻るまでに顔を普通に戻しておかないと嫉妬《しっと》されるよ、と心配にもなったけれど。

頬を染めたまま、六旗さんは応接室を出ていった。軽く苦笑いして「申し訳ありません」と言う永森さんに対し、樹山は「いえ」と平然とした表情で返す。

きっとああいう反応にはとっくに慣れっこなのだろう。

さすがというか何というか。

「今回お願いしようと考えておりますのは、こちらの三店舗です」

「ええと……全部、駅に近い店舗ですね」

「はい。付け加えますとこちらの店舗は、地下商店街内のスペースになります」

「なるほど。そうなると雰囲気に違いが必要ですね——こちらが仮案ですが」

永森さんと樹山が話す内容を、私はメモに取りながら、自分なりに気づいたところを余白に書き加えていく。仮案の段階から永森さんが冴えているのはさすがだけど、それに樹山が質問、そして指摘する内容もなかなか鋭かった。

伊達にマネージャーを任されてはいないということか。

「――では、その方向で案を修正してみましょう」

「お願いします。何日ぐらいでできそうですか」

「そうですね……一週間ほどいただければ」

「承知しました。それでは、一週間後の同じ時間に伺ってもよろしいでしょうか」

「結構です。それでは本日はここまで、ということで」

「どうもありがとうございました」

「いえ、こちらこそご依頼ありがとうございます」

五十分ほど、こちらの仮案とあちらの希望のすり合わせが行われ、話は終わった。

見送りには私と、六旗さんが出た。

乗り込んだ車が二ヵ月前に見たのとは違うから、たぶん今日は社用車なのだろう。走り去る車が遠くなると、六旗さんはぱっと顔を上げ、興奮を抑えられない口調で言った。

「さっきの人、すっごいイケメンでしたね」

「そうだね」

「指輪してなかったから独身かなあ。どう思います？」

「……たぶん、独身なんじゃないかな」

「でも仕事中は外す人もいるって聞くし、いやでも、うーん」

真剣に考えこむ様子の六旗さんに、ちょっと呆れて忠告する。

「あんまり他の男の人を気にしてると、平川さんがヤキモチ焼くよ」

すると、今まで考え込んでいたのが嘘のように、明るい表情で六旗さんは答えた。

「それはそれ、こっちはこっちですよ。って、あれ。バレてたんですか？」

「うん、丸わかり」

「……もしかして、所長にも？」

「もちろん知ってるわよ」

「うわあ……そうかあ。泰《たい》ちゃんにも言っとかなくちゃ」

独り言のように六旗さんは嘆くけれど、声を抑えていないのでまる聞こえだ。

どうやら平川さんのことを泰ちゃんと呼んでいるらしい。名前が泰輔《たいすけ》だからだろうけれど、六歳も下の子にずいぶん可愛らしく呼ばれているものである。

事務所内に戻ると、六旗さんはさっそく平川さんのデスクに駆け寄り、何事か話していた。平川さんは目を見開いて、私と永森さんの方を交互に見ている。

あの様子だとやはり、平川さんもバレているとは思ってなかったようだ。

ほぼ毎日、帰りも出勤も一緒な彼らの関係に、よほど鈍くない限りは気づかないわけがない。なのに恋人同士とはバレていないと二人ともが思うとは。恋は盲目《もうもく》とはよく言ったものだ。

傍目から見ると呆れ交じりに微笑ましく感じるけれど……個人的にはちょっと、うらやましくもある。

職場恋愛が、ではなく、そうやって想い合える相手がいること自体が。

中高生の頃は志望大学に入るため、大学では建築士になるためにとにかく勉強一筋の日々を送っていた。大学時代に何度か告白されたことはあるけれど、どの人にも魅力を感じなかったこともあって、付き合うには至らなかった。

社会人になってからも実情はあまり変わらなくて、付き合った人の二人ともと実は、キス以上をしていない。デートですら半年ほどの間に四、五回程度。

月一回すら会えないのか、と文句を言う相手に「仕事の都合が」と答えたら、じゃあ付き合ってる意味ないなと向こうから振られる。

そのパターンの繰り返しだった。

二人とも、仕事を通して知り合った同じ業界の人だった。

だから仕事には理解を示してもらえると思っていたのだけれど、それとこれとは別だったらしい。

自分か仕事かと問うた時に「あなたです」と言ってもらえなければ嫌な人たちだったということだ。

それに、私がキス以上に進むのをためらっていたことも、理由のひとつかもしれない。

どちらからも二回ほど迫られた覚えがあるけれど、結局は実際の行為には至らなかった。

なんとなく怖い、という思いを払拭《ふっしょく》できなかったのもあるし――その怖さを押しのけてまで、そういう行為をしたいとは思えなかったのだ。

もしかしたら私は、人より性欲が薄いタイプなのかもしれないな……なんて、今では思っている。

平川さんと六旗さんの視線を感じる中、自分の席に戻り、置いてあった残りの仕事に手を付ける。

三十分ほど書類とにらめっこしていると、ピロリン、とスマートフォンが鳴った。

この音は、メッセージアプリの通知音だ。

画面を見て、軽く目を見張った。

ロック画面の通知には、こう書かれていたのだ。


【樹山昂士】

【今日仕事終わったら時間ある？　よければ飲みに行こう】

◇

午後七時半。

時間通りにターミナル駅の改札前で待っていると、ホームから樹山が走って出てきた。

「悪い、待たせて」

「ううん、さっき来たとこだから」

「出がけに顧客《こきゃく》から電話入って。呼び出しといてすまない」

「いいって、気にしないで」

そんなやり取りをしながら、連れ立って駅の外へ出る。

もう日は落ちているけれど、昼間の名残で空気はまだじんわりと暑い。そのせいか駅前の繁華街《はんかがい》、特に飲み屋の類はどこも賑わっていた。

けれど幸いにも、交差点を挟んで斜め向かいのビルに入っている大手チェーンの居酒屋に、二人分の席を見つけることができた。

「生ビールでいいか？」

「いいわよ。何食べようか」

「唐揚げと枝豆は欲しいな。あと、あればタコワサ」

「卵焼きいいかな。アレルギー大丈夫？」

などと話しつつ、ジョッキのビール二つに枝豆と鶏の唐揚げ、タコワサビにだし巻き卵、それに豆腐サラダを頼んだ。

ビールはすぐに運ばれてきて、お互いにジョッキの取っ手を持つ。

「じゃあ、乾杯」

「乾杯」

カチン、と涼やかな音が小さく響いた。

一口、二口流し込むと、気持ちのいい冷たさが喉を落ちていく。

暦は八月、例年に劣らず今年も猛暑《もうしょ》で、昼間の最高気温は三十五度前後が続いている。夜になっても二十五度を超える日の多い気候だと、冷たい飲み物が本当に美味しく感じられる。

現代に生まれてよかった、なんてことを思いつつ、さらにビールを喉に流し込んだ。

「いい飲みっぷりだな」

勢いで半分近くを飲んだ私を見て、樹山が感嘆したように言う。

「穐本、ひょっとしてザル？」

「そこまでじゃないけど、でも、飲んでもそんなに回らない方かな」

「俺も。じゃ今日はとことん飲むか。再会記念に」

そんなことを樹山が嬉しそうに言って、ジョッキをまた掲げる。

「そうそう、今日は悪かったな。驚いただろ」

「そりゃびっくりしたわよ。いきなり来るんだもの」

再会したあの日、樹山がエバーフォレストの名前を聞いて不思議な反応をしていた理由はわかった。けれどそれをおくびにも出さなかったのはちょっと意地悪だと思う。

「こうなるってわかってて、あの事務所を知ってること言わなかったの？」

「まあ、半分は当たり。再依頼の話は出てたんだけど、あん時は本決まりじゃなかったからさ。もし話がダメになったら穐本ががっかりすると思って」

「前触れなく来られたら心臓に悪いわよ。せめてほのめかすぐらいはしてよ」

「はは、そうか。わりぃ」

話は仕事のことから、お互い知っている同級生の近況に変わり、そして自分自身の近況に及んだ。その頃には飲むものが日本酒とカクテルに変わっており、何杯飲んだのか途中からは数えていなくてもはやわからない。

「……でねぇ。うちの親、もう三十になるんだから真剣に考えなさいっつって、何かといえば見合いの話を出そうとするの。親戚《しんせき》に今どき、仲人役《なこうどやく》が好きなおばさんがいてさぁ」

まいっちゃうよね～、と言った口は我ながら、やや呂律《ろれつ》が怪しかった。

飲んでもそんなに回らない、が聞いてあきれる。

「三十歳が嫁き遅れなんて、すごい時代遅れだと思わない？　女の一番の幸せはやっぱり結婚とかって、どう考えても視野が狭すぎるわよ。仕事に生きたい女だって絶対いるのに」

「穐本はそういうタイプなのか」

やけに神妙に問われて、ちょっと真面目に考える。

「うーん、仕事は好きよ。できれば一生やっていきたいと思ってるぐらい」

「それはわかる。打ち合わせの時の穐本、めっちゃ生き生きしてたから」

いかにも納得しました、というふうにうなずかれて、嬉しいような照れくさいような、くすぐったい気分だ。

「……でも結婚したくないってわけでもない、かな。縁があればってふうには思うけど……どこに転がってるかわかんないしねぇ、そんなの」

まあな、と樹山がしみじみとした口調で応じた。

「そういや、樹山のご両親は、その手の話題うるさくないの？」

樹山に現在、彼女と呼べる存在がいないことはさっき話の流れで聞いている。

旧家《きゅうか》と言うほどではないにせよ、樹山家は二代続けて家業を守っているはず。

彼にも当然、三代目となるべく期待が寄せられているのではなかろうか。この年で統括マネージャーに任命されるくらいなのだし。

予想通りというか、樹山の表情がやや、苦虫を嚙み潰したようなものに変わる。

「まあ、言われてないこともないな。ここのお嬢さんは年頃だとか、あそこの娘さんは来年大学院出るからとか、親が見合いさせたい女に興味を持たせたがってるのはありありとわかる」

「ふーん……どこの親御さんも気にするもんなんだね」

二十一世紀になって久しい今でも、三十歳というのは男女ともに、人生におけるボーダーラインのひとつらしい。早い話が、結婚に関する節目のひとつ。

子供を作ることまで視野に入れるなら、医学的には確かに境目ではあるのだろう。樹山みたいに、跡継《あとつ》ぎを確実に欲しがるであろう家ならなおさら。

とはいえ、望んでも子供が出来ない場合はあるし、これぱかりは意のままにはならない。

うちの両親も「孫の顔が見たい」と口にする時はある。

けれどどちらかといえば、気にしているのは世間体かもしれない。

同級生の何々ちゃんや誰々ちゃんは結婚したのにうちは、というふうに――あるいは周囲から『お宅のお嬢さん、まだ独身なの？』という目を向けられることで、年々肩身《かたみ》が狭くなる思いを感じているのだろう。

おそらくは、樹山のご両親にもそういう感情があるに違いない。

ふと、隣で日本酒の盃《さかずき》を傾けている、樹山を見やる。

その整った横顔を見ているうちに、私の頭の中に、素面《しらふ》なら想像もしないであろう思い付きが浮かんできた。

「じゃあさ、いっそ結婚しちゃおうか、私たち」

どう思われるか考えるより先に、口がそう動いていた。

当然ながら樹山は、何を言われたのかすぐにはわからないと言いたげな声音で「え？」と受ける。

「……何言い出すんだ、穐本」

次の瞬間には目を丸くして、なぜか耳まで赤く染めている。

ある程度はお酒のせいだろうけど、彼のその反応を、にわかに面白く感じた。

酔いで気分が少しふわふわしているせいだろうか。

「変かな。でも、そしたらお互い、うるさいこと言われなくなるんじゃない？」

言っているうちに、わりといい考えだと思うようになってきたのも、いつもよりお酒が回っているせいかもしれない。

「ね、けっこういい考えだと思うんだけど」

普段なら絶対にやらないであろう、小首をかしげた仕草で念押しする。

しばらく、互いの間に沈黙がおりた。

視線をテーブルに落として頬杖《ほおづえ》をつく樹山と、彼の返答を待つ私の周りで、急に店内のざわめきが大きく聞こえる。それを聞くともなしに聞いているうちに、なんだか唐突に自分がバカな提案をしたような気分になってきた。

樹山も、そう思っているんじゃないだろうか。

けれどストレートにそう伝えると私が傷つくと思って、言い方を模索しているのかも。

ごめん冗談、忘れて。

そう言って流した方がよさそうだと考え始めた時。

「……そうだな、いい考えかも」

しばらくの沈黙の後、妙に真剣に、樹山はつぶやいた。私の顔は見ないまま。

「穐本は、俺と結婚してもかまわないのか？」

頬杖《ほおづえ》をほどき、振り向いた樹山は、この上なくまっすぐな目つきで私を見た。

嘘やごまかしを許さない、強い視線。

……自分で言っておいて何だけど、まさか、あんな提案を本気で受け入れようとしているの？

彼の真面目この上ない表情を見る限り、そうとしか思えない。


――それなら私もいいかな、という思いがふっと浮かんだ。


他に気になる人や好きな人が誰かいるわけでもないし、これから先うまく出会えるかどうかもわからない。だったら。

私の、酔いに任せて言った突拍子もない提案を呑もうとしている、この人と結婚してみるのも悪くはないんじゃないだろうか……いやむしろ、めったになく好都合な相手かもしれない。

気づくと私は、樹山の問いに同意を返していた。

「うん、かまわないよ」

「わかった」

私の返事にうなずくと、樹山はビジネスバッグから取り出した手帳を開いて、何やら頭をひねっている。一分ほどそうしていた後、メモ欄にひと息にいくつかの文章を書いた。

その部分をちぎり、私に差し出す。

「じゃあこれ、間に合わせだけど契約書」

「契約書？」

渡された紙を見ると『結婚契約に際しての条件』と冒頭に書かれ、その下に五つの項目が箇条書きにされていた。

【一　結婚期間は一年間とする】
【二　家事は基本的に自分の範囲だけを行う】
【三　必要以上に干渉《かんしょう》しない】
【四　お互いの仕事に口出ししない】
【五　男女の関係にはならない】

そして一番最後に、樹山の名前がフルネームで書かれていた――「夫」と先頭に付ける形で。

「今はだいぶ酒が入ってるだろ。酔いが醒めてから読み直して、これでＯＫだと思ったら一番下に名前書いて。そしたら契約成立だ」

時間を置くまでもなく、急に酔いが醒めた気分になって、私はもう一度メモを見直した。

「結婚期間……は一年？」

樹山が書いた条件を、ひとつ目から、確認をかねて読み上げる。

「それくらいは続けとかないと、離婚した時に早すぎるって怪しまれるだろ。一年で離婚したとすれば、結婚には向いてないって思わせるのにも不自然じゃないだろうし」

「家事は自分の範囲だけ……」

「どっちにも負担にならないようにな」

「必要以上に干渉《かんしょう》しない――仕事に口出ししない」

「稙本は仕事を辞める気ないだろ。俺もそうしてもらおうとは思わない。仕事で生き生きしてる稙本を見るの、好きだし」

告白ではないとわかっているのに、好き、などと言われて不覚にも胸が高鳴った。

「……男女の関係にはならない」

「離婚前提だから、そこはやっぱりな。もし何かあったら別れるわけにいかなくなるし」

何か、とは「子供ができたら」ということだろう。百パーセント起こらないようにするなら、そういう行為はしない方がいいに決まっている。けれど。

私はともかく、樹山のようなごく普通の（に見える）男性が、そんな条件で平気なのだろうか。

「樹山は……それでいいの？」

「利害の一致だよ。稙本も俺も、押し付けられた相手と結婚してもいいとは思ってないわけだろ。だから親を黙らせる口実が欲しい。形だけでも一回結婚した履歴を作っとけば、今ほどごちゃごちゃ言われることはたぶんなくなるだろ」

「……そう、かもね」

自分から口に出したことなのに、とんでもないことを言ったという認識が今さらながら湧いてきた。

だけど、樹山の言う通り「利害の一致」でのことだと思えば——そうだ、彼が書いた通り、これはまさに「契約」での結婚。

ならば仕事と似たようなものだと思えばいい。

そう意を決し、私はその場でメモ用紙の契約書にサインした。

「妻　穐本佐奈子」と。

お互いの意思をもう一度確認し、日本酒とカクテルで乾杯して、握手を交わした。

それが私たち二人の「結婚式」だった。

◇

「……って、今さらだけど、良かったのかな」

役所での手続きを終えて、次は免許の変更のために警察署へ行こうと歩きながら、私はひとりごちる。

先週の居酒屋での約束から、ほんの数日後。

週末の二連休を使って双方の両親への挨拶に行った。

ただでさえ急な話の上、「三か月前に十一年ぶりに再会したら、すぐに意気投合した」という説明に、どちらの親からもそろって「本当に大丈夫なのか？」とかなり心配された。

まあ、スピード展開にも程があるし、当然の反応だろう。

事前に打ち合わせていた「お互いの気に入ったところ」を思いつく限り並べる、という歯の浮くような言動を二人して続けて、ほぼ力業で説き伏せようと試みた。

その結果、最終的には私の両親も樹山の親御さんも、この急な結婚話をどうにか認めてくれたのである。

ちなみに私の父曰く、『まあ、昂士さんがしっかりしてるようだから大丈夫だろう』で、樹山のお母さん曰く、『佐奈子さんがしっかりなさったお嬢さんだから大丈夫でしょう』だった。

各々の親にそんなふうに言われたので、幸い、互いに相手の印象は良いようだ。

ほっとしつつも、一年後に離婚することを思うと、ちょっと申し訳なくもなってしまった。

……それにしても、姓が変わるというのは、実に面倒な手続きだ。

多少は想像していたけど、変更しなければいけない項目がこんなにあるとは思わなかった。

そこはほんとに悪い、なんて樹山は言っていたけど、彼に謝られてどうにかなるものでもない。

一年間とはいえ、何が起こるかわからない。

事実婚にすることも考えたけれど、周囲に怪しまれないためにも、こういった手続きはしておく方が良いのだ。

一年後にまた、元に戻す手続きを同じだけする必要が生じるのを考えると、ちょっと「げっ」という気分になるけれど。

「うーん……」

ついつい、悩んでしまうのは、事務所に、特に永森さんにどう話すかが問題だから。

平川さんと六旗さんの結婚・妊娠を心配していたぐらいだ。私がいきなり「結婚しました」なんて言ったら、いろんな意味でものすごく驚かれてしまうだろう。

「とりあえず、引っ越しました、だけで済ませとこうかな」

いや、それもまずい。

まだ引越しをしてはいないけど、これから住むのは樹山が今暮らしている、タワーマンションだ。

部屋は二十階だと聞いている。部屋番号だけでもタワマンなのはバレてしまうし、職業柄、住所で具体的にわかってしまうかもしれない。

私ひとりでそんな所に住めるわけがないから、いろいろと勘繰《かんぐ》られてしまうだろう。

「……やっぱり、しばらくは黙っておく方がいいかも」

そう決意しかけた時、あれっ、と後ろで声がした。

「ねえ、もしかして佐奈《さな》じゃない？」

覚えのある呼ばれ方に振り返ると、これまた見覚えのある眼鏡をかけた女性が、後ろに立っていた。

「やっぱり佐奈だ。わあ、久しぶり」と言う相手は、高校時代の同級生。

「え、真結《まゆ》？　なんでここに」

「それはこっちのセリフよ。東京にいるんじゃなかったの」

赤ちゃんを乗せたベビーカーを支えながら、彼女は驚きを隠さない表情で言った。

旧姓、森下《もりした》真結。高校一年と三年で、同じクラスだった友達。

学年で一桁《ひとけた》に入るほど成績が良く、品行方正で先生たちの信頼が厚かった。

そんなふうではあったけれど、全然堅苦しさや近づきにくさを感じさせない珍しいタイプで、同級生からも一目置かれていた。言ってみればリーダー気質の見本みたいで、自然かつ説得力のある率いり方ができる人間だった。所属していたハンドボール部では当然のように部長を務めていたし、たびたびクラス委員に選出されてもいた。

実は、自分で言うのは何だけど、私も当時は成績上位者だった。そこそこ真面目でもあったから、同じクラスの頃は、彼女と私が交互にクラス委員に選ばれていたりしたものである。

そういう縁で、特定のグループに属さない人間同士、名前で呼び合い親しく話す間柄だった。

彼女は地元で進学したので卒業を機に距離は離れてしまったけれど、近況報告を兼ねた年賀状や暑中見舞いのやり取りはずっとしている。

「あー、うん……五月まではいたんだけど、ちょっとした事情で戻ってきたの」

「ええ？　……もしかして、仕事クビにでもなったの」

相変わらずの鋭さに、舌を巻く。

図星を指されて嘘がつけるほど器用じゃないから、正直に「うん、まあね」と返した。

真結はいよいよ、眼鏡の奥の目をこれ以上ないほどに見開く。

「どうして――っと。ねえ、これから時間ある？　三十分ぐらい」

少し考えて「それぐらいはかまわないけど」と答える。

「じゃ、そこのカフェでお茶しない？　外で話すのは暑いし、子供もいるし」

言われて、真結が子連れなのを思い出した。

はっとしてベビーカーを見ると、赤ちゃんはベルトを着けられた状態で手足をバタバタと動かしている。日よけは被せられているとはいえ、確かに今は八月でおまけに晴れの日中、外で長話をするのは子供にとっても私たち大人にとっても、よいとは言えない。

「ごめん、気づかなくて」

「ううん、こっちこそ急に誘ってごめん。迷惑じゃなかった？」

役所の向かい筋にある、フローズンドリンクが有名なチェーンカフェに腰を落ち着け、互いにそう言い合う。

「今日は休みにしてるから大丈夫。真結こそ、お子さん一緒で大変なのによかったの」

「うちの子、けっこうベビーカーで寝てくれるから。三十分ぐらいは全然平気」

そう言われて見ると、さっきまで「ベルトを外せ」とばかりに軽く暴れていた赤ちゃんは、今は眠そうに目を細め、うとうとしかけている。暑くて疲れたのかもしれない、と考えてふと、真結たちが役所の正面入口から出てきたことを思い出した。

「そういえば、今日は役所に用事があったの？」

「うん、この子の六ヶ月健診でね」

「そっか。元気そうな子だね、男の子？」

「そうなの、おかげさまで。結婚報告のハガキは送ったよね」

「ん、届いてる。びっくりしたなあ、一緒に委員してた船村《ふなむら》くんと結婚なんて」

「就職先が偶然同じだったのよ。配属《はいぞく》も同じ部署になって、同期のよしみで話してるうちに、なんとなく……というかね」

そこで真結は、ちょっと照れた仕草で言葉を濁す。

さっきまでよりも声を小さくして話を続けた。

「実は飲み会で話が盛り上がって、勢いでうちで宅飲みしちゃったのよ。で、なんかちょっと雰囲気に流されちゃって」

あはは、とごまかすような照れ笑いを浮かべて頬をかく真結は、なんだか可愛らしい。

真面目な方だった高校時代の彼女を思い返すと少し意外なきっかけだけど、無意識にか意識していたかはわからないながら、もともと相手のことを好ましく思ってはいたのだろう。

そう考えた直後、推測を裏付けるように真結は言ったものだ。

「まあ、入社式で再会した時から、けっこういい男になったなって思ってはいたの。向こうは向こうで、言ってくれたのは事後なんだけど、高校の時から好きでいてくれたらしくて」

「へえ」

「でもよくよく考えるとしつこいよね。だってそういうふうになったのが二十五の時で、高校っつったら十六か十七でしょ。八年か九年？　よく言えば一途《いちず》だけど若干コワイなって、悪いけど思っちゃった」

「真結ったら」

そんなことを言いつつも、真結の笑顔には幸福感が満ちあふれている。

その日から今まで、旦那さんに愛されて間違いなく幸せなんだろうと感じられて、こちらも嬉しい気持ちになる。

……同時に少し、うらやましいな、とも思う。

「あっごめん、私の話ばっかりして。そうだ、なんで仕事辞めるような羽目になっちゃったの。校則破りを一回もしなかったぐらいの『カタブツ稙本さん』が」

高校時代、一部でこっそり呼ばれていた通称を口にして、真結は質問を寄こす。

彼女も、近況報告は毎年していたとはいえ、リアルで会うのは成人式で会って以来だから九年ぶり。しばし迷ったけれど、さっきも思ったように彼女は昔から勘が鋭い。両親にしたような作り話は、すぐに見ぬかれてしまう気がした。

「言いふらさないって約束してくれる？」

「え。うん、もちろん」

一瞬目を見張りつつ、真結はすぐにうなずいた。記憶にある彼女は、いろんな人から相談を受ける機会が多かったからか、口が堅かった。

今もそれが変わっていないことを信じよう。

「ありがとう。実はね、東京の建築事務所に勤めてたんだけど――」

個人の名前は出さないようにして、大まかに、事の次第を話した。約五分後。

「最悪じゃない、その先生」

話の最中は相槌《あいづち》のみだった真結が、聞き終わって開口一番、そう評する。両眉が寄っているところを見ると、彼女も憤慨《ふんがい》しているようだ。

「全部暴露してやればよかったのに」

「まあ、ちょっとはそう思ったけどね。でも私が見たってだけじゃ説得力薄い気がしたし、政治家の名前まで出されたらやっぱ怖じ気づいちゃって」

「気持ちはわかるけど……ろくでもない二人だわね。思いっきり天罰《てんばつ》が下ればいいのに」

どこかで聞いたようなセリフに、思わずくすっとした。

そしてつい、声に出してしまった。

「樹山みたいなこと言うね」

「きやま?」

不思議そうに問い返されて、はっとする。

言い訳を考えようとするけれど、それよりも真結の追及の方が早かった。

「樹山って……高校で一緒だったあの『お坊ちゃん』?」

「え、っと、そう」

「なんで樹山の名前が出てくるの。みたいなこと、って——樹山にも同じ話したの? いつあいつに会ったのよ」

矢継ぎ早に問われて、二の句が継げない。

単純に彼に再会しただけならもう少し言いやすいのだけれど、今は「契約結婚の間柄」である。それをどう説明するか——言わずにごまかすかで葛藤《かっとう》してしまって、問いに即答どころか無難な説明さえ出てこなかった。

固まってしまっている私に対し、真結は唐突に表情を変える。

疑問符だらけ、から心配そうなものへ。

「なんか、言いにくいことでもあったの?」

「……えぇっと……」

「無理にとは言わないけど、話せそうなら聞かせてよ。佐奈が良ければだけど。もちろん他の人には言わないから」

真結の、心底から気遣っているに違いない表情と言葉に、葛藤《かっとう》を覚える。

この契約は、私と樹山、二人だけが真実を知っている秘め事だ。いくら口の堅い友人とはいえ、やすやすと話していいことではないだろう。

そんな真似をすれば、いつか自分も同じことをされてしまうかもしれない。

そうなっても文句を言うわけにはいかなくなる。

だから——というよりも、互いの信頼関係の問題だ。

「……ありがとう。実は、こっちに帰ってきた日に樹山と、新幹線のホームで偶然会ってね」

「ああ、そうだったんだ」

「時間あるからって食事に誘われて、そこで仕事辞めてきた理由を話して」

「うん」

「言ったこととか反応が、さっきの真結とそっくりだったなあって——思ったの」

「あいつもマジメだったからね。……って、それだけ？」

「……うん」

余計な間を入れてしまった、と感じる。こちらを見る真結の目が、探るような色を帯《お》びたから。

反射的に感じる気まずさを、顔に出さないようどうにか抑える努力をする。

ややあって、真結がふうっとため息のように空気を吐いた。

「わかった。佐奈がそう言うのなら、今は聞かずにいる」

しかたない、と言いたげな口調に、ああやっぱり見透かされている、と思った。

具体的に何なのかはわからなくとも、私と樹山の間に何かしら「訳あり」な事情が生じているのは、察したのだろう。

だから私は、正直な気持ちを口にする。

「ごめんね、真結」

気遣ってくれてるのに。

言いかけた言葉に割り込むように「いいって」と彼女は返した。

「当事者同士でしか言えないこともあるわよね。それはわかるから。その代わり、話せる時がきたら話してくれる？」

話せる時、なんて来るだろうか。

来るとしたら、離婚した後……すぐになのか、何年か後になるか、それすらもわからないけれど。

「うん、話せる時がもし来たら――その時は、ちゃんと言うから」

問い詰めずに引き下がってくれた真結の誠意に、応えたいとは思った。

第三章　同居と違反

「ただいま。佐奈子さん、いる？」

「あ、おかえり……昂士くん」

「飯作ってたの？」

「うん、さっき帰ったところで。早かったね」

「仕事と仕事の合間で、ちょっと暇だったから」

「そっか、お疲れ」と私が応じると、樹山──昂士くんはうなずきを返してすぐ、リビングダイニングから出ていく。奥の自室で着替えてくるのだろう。

私が今、豚汁《とんじる》を作っている横のコンロには、カレーが半分ほど入った寸胴鍋《ずんどうなべ》がある。これは一昨日、昂士くんが作っていたものだ。

結婚という名目の同居を始めて、二ヶ月ちょっとが経つ。

生活は思った以上にスムーズに、日々穏やかに過ぎていっていた。

【二　家事は基本的に自分の範囲だけをやる】

契約書（メモ用紙だけど）にあったこの項目通り、料理も食器洗いも洗濯《せんたく》も基本、相手の分に手出しはしないようにしている。逆に言えば、相手のことを気にせず自分の都合でできるから、無理をしてやる必要も生じないわけだ。

一人暮らしの時と変わらない家事ペースは、気分的にとても楽だった。

ただ、掃除《そうじ》ばかりはそういうわけにいかない。

昴士くんが去年買った（お祖父さんの遺産が入ったとかで、なんとキャッシュで！）というタワーマンションの部屋は、２ＬＤＫである。

間取りは、アイランドキッチンが付いているリビングダイニングと、お互いが寝室にしている二つの洋室。あとは当然ながらお手洗いとお風呂場。

相手の部屋以外は使わせてもらっている以上、自室だけを掃除《そうじ》するというわけにはいかなかった。

とはいえ、その点も「できる時にやれる方がやる」スタイルで、掃除《そうじ》したらその箇所をホワイトボードに書いておくことになっている。昴士くんは案外きれい好きで、朝早く起きた時にはフローリングにモップをかけてホコリ取り、などをマメにやってくれていた。

それに水回り各所は、休日には必ず二人で掃除《そうじ》している。私も一人暮らしが長いだけに、そういう場所は特にちゃんときれいにしておかなければ、という考え方と習慣が身についていた。

おかげで、家事分担でどうのこうの言い争うような、結婚で「あるある」な問題は私たちの間に起こっていない。

まあもちろん、そういう契約をもともと交わしているからだと言えるけれど。

「いただきます」

テーブルについて手を合わせる私の後ろから、カレーを温める匂いが漂ってくる。スパイスの香りが鼻を刺激して、おいしそうだなと思いつつ、豚汁《とんじる》をすすった。

「ごちそうさまでした」

「相変わらず早いな。今日もそれだけ？」

私の前にある、ご飯茶碗と味噌汁用の木のお椀、そしてサラダの入っていた器を指して昂士くんが尋ねてきた。彼の手には、山盛りのご飯に湯気の立つカレーがたっぷりかけられた大きなお皿。

「もう知ってるでしょ。これでもわりと小食なのよ」

背が一六九センチで身体が大きく見えるせいか、忙しい仕事のせいなのか、よく食べると昔から勘違いされがちだ。

何か月か前に昂士くんと居酒屋へ行った時も、自分で注文しただし巻き卵とサラダは半分食べたけれど、それ以外のお皿にはほとんど手を付けなかったぐらいである。

「そっちこそ、そんなによく食べられるわね。しかも三日連続カレーって」

たいへんおいしそうな、食欲をそそる匂いではあるけれど。

「言ったじゃん、好きなんだよ。自分で作ったら好みの味付けにできるだろ。今回は特にうまくできたし」

ご満悦《まんえつ》な顔で昂士くんは笑っている。そんな顔は同居生活を始めてから何度も見ていて、見るたびに、少しドキドキしている自分がいる。

彼の外見スペックの高さは、間近で見続けるとけっこう刺激が強い。

そんな事実に、出会って二十年以上も経った今、気づいた。

ルックスの良さもさることながら、私から見ても高いと思う一八五センチの高身長。手足にも身体にもほどよく筋肉が付いている体格。

加えて、素性の良さは今さら言うまでもないし、創業者一族とはいえこの年で西日本の統括担当になるぐらいだから、仕事もできるに違いない。

そして、料理も平均以上にこなすし、洗濯《せんたく》も掃除《そうじ》もきちんとやってくれている。

同居人として申し分ない資質で、だからこそ私も物理的には楽ができているのだけれど、精神面では思いがけず心乱される瞬間がある。

しかも、日を追うごとに、その回数が増えているような気もする。

そもそも、名前で呼ぶのだって、いまだに照れくさいのだ。

『仮にも夫婦が名字で呼び合うのは変だろ』と言われての呼び方変更で、それは確かに彼の言う通りなのだけれど……なんといっても、二十年以上名字呼びしてきた同士だから、今さら名前でなんてと思って恥じらう気持ちは、やっぱりある。

さすがにいきなり呼び捨てはできなくて、今の「佐奈子さん」「昴士くん」呼びにおさまっているのだけれど、なんだか本当に付き合いたてのカップルみたいで、呼ぶたびに呼ばれるたびに、毎回かなり面映《おもは》ゆい。

もっとも、そう感じているのは私だけかもしれなかった。初めて名前で呼んだ時から、昂士くんは平然とした表情だったから。

……なんだか、余裕の違いを見せつけられている気分だ。

私はこの年でもキス以上の経験がないという男女交際の初級者だけれど、昂士くんはそちらの面でもさぞかし経験豊富だろうと思う。

見た目とお育ちのコンボが凄いだけに、女性からのアプローチには事欠かなかったのは間違いないだろうし、昂士くんから誘えば断る女性はいなかったはず。

――私は、わざわざ最初から「男女の関係にはならない」と明言されている。実際この二か月ちょっとの間、それらしい素振りを彼はいっさい見せたことがない。

つまり昂士くんにとっては、女としての魅力を感じない相手ということなのだろう。

だから契約結婚なんて提案を受け入れられたのだ。

それはそれで、私にとっても都合が良いはず。

昔の彼氏たちの時みたいに、いつ手を出されるかとビクビクしなくていいのだから。

何より、昂士くんは本当に同居人として非常に優秀で、なおかつ一緒にいても余計な気は遣わない。男として意識する必要のない相手なんて、契約結婚の相手としては最高じゃないか。

……そう、思っていたはずなのだけれど。

◇

すっかり気候が秋めいた、十一月初め。

このところ、例の『保険メルカート』の件に関わっているために残業が増えていたのだけど、その日は久しぶりに早く、ほぼ定時で帰れた。

最近ようやく、マンションコンシェルジュの女性の「お帰りなさいませ」にも慣れてきた。

お辞儀をして高層階用エレベーターで二十階に上がり鍵を開けると、ひんやりした空気と暗い部屋に出迎えられる。

ここ一週間ほど、昴士くんとはまともに顔を合わせていない。彼もかなり仕事が忙しいらしく、私が就寝した後に帰ってくるのと、朝は私より早く出ていくのが常態化していた。

今日は確か、東京への出張の後、夜に直帰だと聞いた。

きっと、ギリギリの時間まで仕事をして、帰りは日付が変わる前後とかになるのではないか。

いつもなら先に寝てしまうのだけれど、さっき帰ってきた時のひんやりした空気を思い出して、今日は、そうしたくない気分が湧いてきた。

食事を、ついでだからと考えて二人分作ってしまうことにする。ご飯を多めに炊《た》き、五目チャーハンと野菜スープを用意した。

余ったら明日のお弁当か、夕食に回せばいいと思って。

夜十一時半過ぎに帰って来た昴士くんは、驚いた顔で明かりの点いたリビングに入って来た。ダイニングテーブルで参考書とノートを広げる私を、表情を変えないまま見つめる。

「まだ起きてたの？」

「資格試験の勉強、今日のノルマまだやってなかったから。夕ごはんは食べた？」

「あー、急いで新幹線乗ったから実は何も食ってないんだ。白飯、余ってたりする？」

質問に答えない代わりに、私は冷蔵庫からお皿を取り出した。

「……え、それって」

「もしかしたら食べるかな、と思って多めに作ったの。迷惑だったかな」

これって契約違反になるだろうか。

若干そんな思いを込めつつ尋ねると、昴士くんは目を見開いた後、破顔した。

「いや、むしろありがたいよ。助かった」

予想以上に嬉しそうな顔をされて、私の方が戸惑う。

そんなに喜ばれてしまうと、かえって申し訳ない気がする。なにせミックスベジタブルと豚ひき肉、味付けは中華スープの素《もと》を使った、特に芸のないチャーハンだから。

「そ、そう。なら食べて。野菜スープもあるけど」

「マジ？　じゃあ一杯もらうよ」

「わかった、ちょっと待ってて」

「あ、いいよ。自分でやるから」

そんなやり取りの後、昂士くんは背広《せびろ》のジャケットを脱いでダイニングの椅子の背にかけた。レンジにチャーハンのお皿を入れてタイマーをかけ、温めている間にスープの鍋を火にかける。

彼の、その一連の動作がうきうきして見えるのはこちらの考えすぎ、一種の自意識過剰だろうか。

夕食の用意を整えた昂士くんは、育った環境が窺える綺麗な動作で手を合わせた。

「いただきます。……あ、うまい」

明るい声で即座に感想を言われて、また戸惑ってしまう。

「そ、そうかな？」

「うん、スープも野菜の出汁《だし》が出てていい感じ。佐奈子さん料理上手いね」

「……ありがとう」

不自然に抑えた声で返してしまったけれど、昂士くんは気にしていない様子だ。がつがつと気持ちいい食べっぷりで、残りのチャーハンをかき込んでいく。

スープの最後の一滴を飲み干すまでに、たぶん十分もかからなかったんじゃないか。

ご飯の一粒、野菜のひとかけらも残さない食べ方は、お育ちの良さの賜物《たまもの》なんだろうな。

そんなふうに思った。

「ごちそうさま。ほんとにうまかった。助かったよ」

「……どういたしまして」

あれから何度もうまいうまいと言われて、ちょっと身の置き所がない気分だった。

そんなに美味しく感じられた理由はきっと、空腹だったのと、他人に作ってもらった状況が大きかったに違いない。

私の料理レベルは、まずくはないけど感動するほどおいしいわけでもない、いわゆる「普通においしい」程度のはずだから。家族にも友達にも元彼たちにもそう言われてきたし、自分でもそう思う——のだけれど、それでも、昂士くんの反応と言葉は嬉しかった。

長い一人暮らしで、誰かのために料理したことなんか久しくなかった。これまでの元彼たちともあまり長くない付き合いだったから、家に招いて手料理を振る舞うような機会は少なかったし。

だから、さっきのように自分の料理を「おいしい」と言われながら食べてもらうのが、こんなにも嬉しく感じることだとは、実は知らなかったのだ。

食器を洗う昂士くんの後ろ姿を見ながら私は、さっきの彼の笑顔と食べっぷりに思いを馳せていた。

――それからは、ほとんどは休日に限ってではあるけれど、私が昼食を担当したり、昂士くんが夕食を作ったりするようになった。

彼は見てきた以上に料理にこだわりがあるみたいで、カレーをはじめとした煮込み料理にはハーブもしっかり使うし、普通なら焼くだけや蒸すだけで済ませるようなメニューでも、下ごしらえに手間をかけて専用の調理器具を使ったりしている。

どうりで、シンク下の収納スペースに見慣れない鍋やフライパンがいくつもあったわけだ。

けれど彼は「お坊ちゃん」のはず。実家にいる時はきっと、料理どころか家事一切する必要はなかっただろうに、なぜこんなにいろいろとこなせるのか。

そう思って投げかけた質問に対する昂士くんの答えは。

「ああ、親の教育方針でさ。高校まで地元の公立に通わされてただろ？　普通の感覚を知るのが大事ってやつ。その一環でか『家事をできない男に仕事ができるはずがない』ってのが親父の持論で。どうやら祖父さんの代からそういう考え方らしくて」

中学に入った頃から祖母さんやお袋にしごかれた、と昂士くんは笑った。来客がない休日には実家で雇っていたコックに付いて、下働きがてら料理を習ったこともあるという。

それじゃセミプロと言ってもいいのではないか、と驚かされた。

体系的にではないにせよプロに教わった経験があるのなら、一般的な家庭料理、しかも時短テク込みの方法しか知らない私が太刀打《たちう》ちできるものではない。

昂士くんの事情を聞いてからは、私の中の負けず嫌いが顔を出したみたいで、作ったことのない料理や試したことのない調理法にも挑み始めた。

もちろん一朝一夕で身につくものでも、彼の腕前に追いつくわけでもなかったけれど、私が作ったものに対して昂士くんは一言も批判めいたことを口にしない。多少失敗していたとしても、失笑したり変に慰めてきたりもしなかった。

ただ、今日もありがとうと言って、よくできてるよと微笑みながら食べてくれる。

致命的な失敗をしていないということでもあるのだろうけど、彼の態度に私はいつもほっとして、喜びを感じさせられている。

その喜びは、自分でも意外に思うほど大きくて、幸せな感覚で心を満たしてくれるものだった。

彼がそんなふうに食べてくれるならもっと料理の腕を上げたい、おいしいと心から思ってもらいたい。そう常に考えるようになるくらいに。

◇

十一月終わりの、ある日。

「今日は早く帰れる？」

朝食の席で、私は昂士くんに尋ねた。

「今日？　月末近いから、どうかな……急を要する件が入らなきゃそう遅くはなんないと思うけど。なんで？」

「あー、うん。ちょっと気になっただけ。最近遅い日もけっこうあるでしょ」

「そうだなあ、うちはイベント会社も傘下《さんか》にあって、そっちにも多少関わってるから――クリスマスまで一ヶ月切ってるし」

「ふうん、そうなんだ」

と話を受けながら、頭は半分以上別のことを考えていた。

「ごちそうさま。朝イチで会議あるから、先出るな」

「ご苦労さま、気をつけて」

「行ってきます」

いってらっしゃいと手を振る自分は、本当に新婚《しんこん》ほやほやの奥さんみたいだと思う。

いや、実際に「新婚《しんこん》」ではあるのだけれど。

昂士くんが扉を閉めた後、急いでリビングに取って返し、手帳を開く。今日の予定は――戸建《こだ》ての下見が一件、進捗確認が二件、あとは『保険メルカート』の内装チェック。

外出が複数あるけれど、どこの現場も順調のはずだし、書類仕事もそんなに溜まっていない。テキパキ済ませれば定時あたりで帰れる、はずだ。

冷蔵庫を開けて、昨夜遅くにこっそりしておいた下準備の数々を確認する——よし、大丈夫。

どうかトラブルが起きませんようにと祈りつつ、昂士くんに遅れること十五分、私も出勤のために家を出た。


——しかしながら、起こってほしくない時に限ってトラブルと名の付く出来事は発生するもの。

最初に見に行った、戸建《こだ》て建設予定の土地に大量のゴミが投棄《とうき》されており、施主《せしゅ》が「新居計画の出鼻をくじかれた」とご立腹。

なだめるのと警察に連絡して被害届を出すのに手間取り、終わった頃には昼過ぎ。

食事抜きで事務所に戻り、電話で二件の進捗確認をおこなうと、うち一件で構造上の小さな計算ミスが発覚。小さいとはいえ、基礎の構造に関わる部分だから、年数が経つごとに問題としては大きくなってしまう。急いで永森さんと現場に行って確認し、再計算と図面《ずめん》の引き直しを明日までに済ませることを施主《せしゅ》と工務店に約束した。

永森さんと別れて『保険メルカート』の内装に使う壁紙やタイルの色確認を各店舗の担当者と済ませ、ふたたび事務所に戻ってきたのは夕方五時前。

朝から手を付けられなかった書類仕事をどうにか片付けると、時計は六時を回っていた。

事務所からマンションまでは電車一本だけれど、約三十分かかる。どう頑張ってもひと通りの支度ができるのは八時近くになってしまうだろう。

けれど嘆いてもしかたない。

かくなる上は早く帰るのみ。

「お先に失礼します！」

「お疲れさまー」

「お疲れさん。……あ、ちょっとごめん。二分だけ」

と言って手招きする永森さんに、内心ちょっと毒づきながら近づく。

「なんでしょうか？」

「今日は悪かったね。あと、年調だけど」

そこでこちらに顔を近づけ、声をひそめた。

デスクの上にはこの時期お馴染《なじ》み、年末調整用の緑の用紙がある。

「こっちは本名で書くのを忘れないようにね」

「――ああ、そうですね……」

当初、しばらくは黙っていようかと思った「結婚」の事実だけれど、よく考えたらそういうわけにもいかなかった。

姓が変わるということは、いろんなものの名義も変わるわけだ。

つまり、お給料を振り込んでもらう銀行口座もその例に漏れない。

そういうわけで、雇い主である永森さんにだけは、結婚したことを正直に申告した。幸いにというか、永森さんは経理の責任者でもあるので、公的な部分の氏名変更も任せることができる。知らせた時はもちろん驚かれた。相手が樹山物産の御曹司《おんぞうし》と知ると、二重どころか二乗、いや三乗ぐらいの派手な驚き方をされた。

平川さんと六旗さんが外出している間に話を持ち出してよかったと、心から思った。

「すみません、こんな時に先に帰るなんて」

今日早く上がりたいことは数日前から申請してはいたけれど、礼儀としてそう言う。

永森さんは寛容《かんよう》にも、微笑みながら「大丈夫」というふうに手を振った。さっき心の中で毒づいてしまったことを謝る。

当然ながら、こっそりと内心で。

「僕のミスだからそんなに気にすることないよ。平川くんにサポートしてもらうから」

「でも」

「いいって。今日中にはやり直せるレベルだしね」

それより早く帰った方がいいよ、と言われ、はっとして時計を見る。

時刻は六時十五分。

カバンを肩にかけ直し、焦りとともに「すみません、失礼します！」と軽く叫ぶ。

机に向かっていた平川さんたちが目を丸くしてこちらを見たけれど、今はかまっていられない。

事務所を飛び出し、走って駅に駆け込んでちょうど来た電車に乗り、じりじりとした思いでマンションの最寄り駅に着くのを待った。

◇

帰宅した時、昂士くんはまだ帰っていなかった。よかった、と思ったのも束の間、急いで荷物を自室に置き、着替えてリビングダイニングに駆け込む。

下準備しておいた材料、これから使う食材をそれぞれ冷蔵庫から取り出し、キッチンに並べ終えた──まさにそのタイミングで、扉ががちゃりと開く。

「ただいま。……何やってんの、佐奈子さん」

作業スペースに野菜がゴロゴロ転がり、大きなローストビーフを入れたバットがその中央に鎮座《ちんざ》、ガス台には鍋が満載で、調味料の瓶を両手に持ったまま呆然としている私──という光景を目にすれば、確かにそんなふうに聞きたくもなるだろう。

転がった玉ねぎが勢い余ってフローリングに落ち、ガタッ、という音を立てた。

はっと我に返り、拾おうとしたけれど慌てすぎて、丸い物体が手をすり抜ける。コロコロと軽快な回転は、大きな手に阻まれてようやく止まった。

「ご、ごめん」

「別にいいけど。何作ろうとしてたの?」

玉ねぎを手でもてあそびながら近づいてきた昂士くんが、バットを見やる。

「こんなのいつ作ったの。ゆうべはなかったよな」

さすが、料理をする人は冷蔵庫のチェックもマメだ。下手なごまかしは通用しないだろうし、ごまかせる状況でもない。

観念して事実を話す。

「……実はちょっと、ていうかその、今夜はごちそうにしたいと思って」

「ごちそう?」

「誕生日、でしょ」

「……ああ」

忘れてた、と昂士くんはつぶやくように応じる。

「忘れてたの?」

「んー、子供ん時みたいに毎年祝うわけじゃなくなったからな」

「えっ、そうなの?」

「まあ実家いた時は身内でおめでとうを言うぐらいはしてたけど。家出てからはそのたびにいちいち帰ったりしないし電話もあんまりしないから、意識してなかった。特に欲しい物あるわけじゃないし、大学ぐらいからプレゼントもなかったしなあ」

「そうだったんだ……」

彼の説明は、正直かなり意外に感じた。樹山家の長男だから、てっきり毎年盛大に祝われているものだと思っていたから。

そして、その状況を特別意に介していないような昂士くんの口調と表情に、彼の家ではごく普通にそれが受け止められていたんだなと思う。

私も、大学入る前に実家を出てからは、いわゆる誕生日パーティー的なことは両親とはしていない。けれど当日には必ず電話がかかってくるし、お小遣いと言っていくらかのお金と、母が選んだであろうアクセサリーなどの小物を必ず贈ってくれる。

両親の誕生日には、私も同じように電話するし何かを実家に送る。

そういうやり取りがないからといって、家族関係が良くないとは必ずしも言えないだろうけれど、少し寂しいような気はする。

今夜のごちそうを企画しておいてよかった、と思った。

「…………えーと、まあ、その。ごめんねバタバタしたとこ見せて。急いで用意するからゆっくりお風呂でも入ってきて」

いちから作らなきゃいけないのはサラダと付け合わせのポテトフライぐらい、その他は切って盛り付けたり温め直したりだけで済むから四十分あればなんとかなるだろう。

そう考えてのんびり入浴するのを勧めたのだけれど。

「いや、俺も手伝うよ」と言われたので仰天《ぎょうてん》した。

「え」

「品数多そうだから盛り付けるだけでも忙しいだろ、やるよ。五分でシャワー浴びてくるから」

そう言った昂士くんは、本当に五分で戻ってきた。サラダ用のレタスをちぎっていた私の隣に立ち、玉ねぎの皮をむき始める。

「あ、これさっき拾ったやつだ」

「そんなのわかるの？」

「ほら、ここに黒いのがあるだろ。アメーバみたいな」

皮の黒くなった部分を指し、そんなふうに例える彼の言語センスに、思わず噴き出した。

「アメーバって」

「あれ、そう見えない？」

「まあ見えないこともないけど……でもアメーバって」

くすくす笑いが止められずにいる私に「そこまで可笑しい？」と首を傾げる昂士くん。

そんな、他愛もない話をしながらサラダを作る。俺に切らせて、ということで任せたローストビーフは、絶妙な薄さにカットされていく。

その後「こっちの方がワインに合う」と冷蔵庫にあったピザ用チーズを出してきて、フライにする予定だったじゃがいもとソーセージを使って即席ラクレットを作ってくれた。

さらには普通に並べるつもりだったバゲットを、にんにくとパセリでガーリックトーストにしていく。

それらの作業を、ポタージュスープを温めながらローストビーフ用のソースを作る私の横で、手際よく昴士くんは進めていく。

並んで料理しているなんて新婚《しんこん》さんみたいだな、という思いがふと湧き、いや実際そうだっけ、でもこれは契約結婚だし、と脳内であれこれの思考がぐるぐるする。

そんなふうに考えながら、心の中には確かに、今の状況に対する嬉しさと幸福感が存在していた。


――四十分後、用意が整えられたテーブルに二人そろって着いた。


「誕生日おめでとう」

「ありがとう」

ごく普通に言ったお祝いに、昴士くんは満面の笑みを見せる。

その表情は目に毒なぐらい魅力的に映った。

グレービーソースをかけたローストビーフ、野菜をたっぷり盛り付けたシーザーサラダ、アスパラガスのポタージュ。そのどれもを、彼はにこにこと笑みを絶やさないままに食べた。

そして昴士くんが作ってくれたラクレットとガーリックトーストは味の加減が最高で、本当にワインによく合った。

食後にはりんごのタルトを出す。いつだったか「スポンジケーキよりタルトが好き」と言っていた彼に合わせて、帰りに馴染《なじ》みの店に飛び込んで買ってきたものだ。

「ごめんね、お菓子作りはちょっと苦手で。気に入ってる店で買ってきたんだけど」

「タルトが好きって覚えててくれたんだな。うまいよ、これ」

「よかった」

「うちの母親、ケーキ作るの好きだから今度聞いてみる？」

「え？」

突然の提案にきょとんとした。

彼のご両親とは結婚の挨拶に行って以降は顔を合わせていない。

電話は時々かかってくるので「元気？」「はい、おかげさまで」というような当たり障りのない話はしているけれど。

「正月には絶対家に来いって言われてるんだ。いくら式も延ばすぐらい忙しくても、たまには顔ぐらい見せろって」

「そ、そうなの」

苦笑いを浮かべながらも昂士くんは普通に言う。

私はといえば、なんとなく焦ってしまう。

二人とも今は忙しいから結婚式や披露宴《ひろうえん》は仕事が落ち着いてから、と双方の親には言ってあるのだけど、当然ながら両親たちは事あるごとに「式はどうするの」とせっついてくる。

そのたびに、少なくとも私は「ごめんなさい」と心の中で唱えながら、どうにかごまかす方向でやり過ごしている。

なにせ、一年経ったら離婚する契約の間柄なのだ。

お金も手間も人手もかかる結婚式や披露宴《ひろうえん》なんて、できるはずがない。ごまかし続けるのは申し訳ないけれど、契約期間が終わるまではそうするしかないのだ。

「まあ、年明けには年賀《ねんが》パーティーあるしなあ。それには出ないとどやされるだろうし」

「…………えっ？」

「ああ、佐奈子さん知らないか。三が日過ぎたらそういうのやることになってんだよ。親戚《しんせき》ほぼ一同が集まるやつ」

「え、え。そんなのがあるの」

誕生日パーティーはやらないのに、という思いが表情に出たようだ。

昂士くんは再度苦笑した。

「うちはちょっと古い家だから。俺の親はそうでもないけど、やっぱり口うるさい長老《ちょうろう》みたいなのはいるんだよな、祖父さんの弟とか。だから、親父やお袋としてはそこで、親族にお披露目《ひろめ》ってことをしておきたいって考えてると思う」

いよいよ絶句する。形だけでも結婚の報告ハガキぐらいは送らないとまずいかな、と思いながらもまだ送っていない状態だから、親戚《しんせき》に会うなんて言われたら臆《おく》する気持ちしか湧いてこない。

「――それって、出ないとダメなやつ、なのよね」

「そうだなあ。病気とかならともかく、他の用事で欠席とかは確実にご不興《ふきょう》を買うだろうな」

「……そうよね」

「だとしても別に俺はいいんだけどさ、佐奈子さんが嫌われるのは避けたい」

と言った昂士くんの顔つきが、急に引きしめられて真剣味を帯《お》びる。

「たとえ一年だけだとしても、悪い印象はなるべく残したくない」

表情に一瞬ドキッとしたけれど、ああそういう意味か、と納得した。

離婚するだけでも、昂士くんの家みたいなところだと、親戚《しんせき》からは決して良くは思われないだろう。それに加えて「妻」が礼儀も尽くさない女だったという印象が付いてしまったら、さらに評価が下がってしまうことになりかねない。彼はきっとそれを避けたいのだ。

私のイメージ自体を優先して気にしてくれているわけじゃない。

そういうふうに解釈《かいしゃく》した。

――昂士くんの思惑がどうなのかは、本当のところはわからない。その時、深く問うことはしなかったから。

けれど、自分が重んじられているわけではない、と思っておかなくてはいけなかった。

でなければますます、育てるべきではない感情が大きくなってしまう。

そんな予感があったから。

◇

……それから、しばらくが経った、十二月上旬。

十一月の終わりからはずっと気温が冷え込んで、夜は床暖房を入れていないと足が冷たくてたまらない、という日が続いた。

私も『保険メルカート』とそれ以外の仕事が重なって毎日忙しかったけれど、昂士くんはさらに忙しい様子で、毎晩の帰宅が午前様になっていた。

一時間ぐらい前倒しの出勤も続いて、あまり寝ていなそうな様子が気になり「疲れてない？」と何度か尋ねてみたけれど、毎度やんわりと「平気」と返されてしまう。

そう答えられてしまうと、こちらとしてはもう何も言えない。

【四　お互いの仕事に口出ししない】という契約条項を思い出しては口をつぐむ、ということを繰り返していた。

そんな日々が十日ほど継続した、ある夜。

午後六時過ぎ、しばらくぶりに定時で上がって帰宅した。今日の夕食は塩麹《しおこうじ》に漬け込んでおいた魚の切り身で焼き魚にしよう、と玄関で考えていると、すぐ後ろでドアの鍵が回る音がした。

閉めたばかりなのに？　と思いつつ振り返ると、半開きになった扉の間にコート姿の昂士くんがいた。ドアノブを握りしめ扉に寄りかかるような状態で、前のめりの姿勢になり動かずにいる。

妙な様子と目を伏せた表情に非常事態を察して駆け寄ると、顔が真っ赤で呼吸が浅い。身体を支えながら額に手を当ててみると、とてつもなく熱かった。

「すごい熱じゃない」

「……大丈夫、そんなでもない……歩いて帰ってこられたから」

聞くからに辛そうな声音で言われた内容に、仰天《ぎょうてん》する。

「こんな熱で、こんな寒い中を歩いて帰ってきたの？　何やってるのよ！」

口から勢いよく飛び出た言葉は、叫びに近かった。

「会社からタクシー使えばよかったじゃない。それぐらいのお金か、カードかはあったでしょう？どうしてそんな無理するのよ」

思い返せば、今朝出勤する時も、頭を押さえてちょっと辛そうにしていたのだった。

本人の「寝不足」という言葉を信じて、念のためであっても熱を測らせたりしなかったのが不覚だったと思う。

けれど今さら後悔してもしかたがない。

「今日は、どうしても出なきゃいけない会議があったから……」

「会議と自分の身体とどっちが大事なのよ、バカ」

あまりの仕事至上主義な言い方に腹立たしくなって、思わず私は叱りつけてしまう。

「……ごめん、心配かけて」

「心配ぐらい、するわよ。契約結婚の仲でしょ」

「………そうだな」

返ってきた声はだいぶ苦しそうだ。かすれているし息が荒い。

とにかく早く休ませないと――叱りつけてしまったことを少し後悔しながら、もうしゃべらないで、ときっぱり言った。

「ともかく部屋に行こう。すぐにベッド入って休んで」

残念ながら抱き上げて運んだりしてあげることはできないから、身体の片側を支えながらなんとか寝室まで歩いていってもらい、ベッドに座らせる。コートとスーツのジャケットを脱がせて、ネクタイをほどき、ベルトを外して横にならせた。

「薬は何か飲んだ？」

「いや……」

「じゃあ、おかゆ作ってくる。ちょっとでも食べてから熱冷まし飲んで」

今日の分はまだ炊《た》いていないから、臨時用に冷凍してあるご飯で白がゆを作る。器に少なめに盛って、塩をちょっとだけ振った。

お盆《ぼん》に、水と熱冷ましの薬を一緒に載せて、昂士くんの部屋まで運んでいく。

昂士くんはおかゆを三分の一ほど、ゆっくりと食べた。薬を飲んでからふたたび横になると、二分と経たないうちに寝入ってしまった。

きっとここ最近の寝不足もたまっていたゆえの不調だろう。

氷水に浸してしぼったタオルを額に載せてあげる。非接触型の体温計で検温したら、三十九度台の後半だった。かなりの高熱だ。

冷凍庫に入れてある保冷剤を二つ取り出し、タオルハンカチに包んで首筋の両側に当てる。熱で辛そうな呼吸が、少し穏やかになったような気がした。

こんな様子では、もし不測の事態が起きたとしても、彼自身が私を呼ぶことはできないだろう。

そう思い、私はこの部屋で看病《かんびょう》する準備を始めた。

冷たい水を入れた洗面器とタオルの替え、ミネラルウォーターとゼリー型の補助食品を運んできて、私物のタブレットにスマートフォンと併せて、自分の寝室から移動させてきたローテーブルに並べた。夕食用に用意していた魚の塩麹《しおこうじ》焼《や》きと味噌汁は明日の朝に回すことにして、今夜の食事は冷凍のワンプレートで手早く済ませよう。

レンジで温めたリゾットのプレートを持って、また部屋に戻ってくる。タオルがもう温まっていたので、水で濡らしてしぼり、額に載せ直す。

少しの間でも、目を離すのが心配な心境だった。

……そういう気持ちになるのは、契約結婚の仲だから。

四ヵ月近く一緒に暮らしている間柄、同居人、間借りの身だから、心配になるのだ。

たとえそうでなくとも、普通の人間性があれば、目の前で誰かが高熱で倒れたら心配する。

心が落ち着かない理由を頭の中に並べたてて、少しでも落ち着こうと努力した。

持ち帰った仕事をタブレットでチェックしていても五分に一度は彼の様子をうかがってしまう自分の、心の奥底の気持ちが浮かび上がらないようにと、押さえつけながら。

◇

ふと目を覚ました時、自分の状況がよくわからなかった。

辺りの暗さと、寄りかかっているのがベッドの縁だと気づいたことで、現状を思い出す。

……何度も、タオルを濡らしては額に載せ直すことを繰り返していた。水も三回ほど替えた。

十回、いやもっと多いかもしれないタオル交換ののち、昴士くんがうわごとのように発した言葉に、耳を疑ったのだ。

『佐奈子……』

切なげに呼んだのは、私の名前。

そんな声を出すのも初めて聞いたし、呼び捨てだって初めてだ。いつも、ちょっと遠慮がちに『佐奈子さん』と呼ぶのに。

呆気に取られていると、彼の右手が、布団の上をさまよった。

何かを探しているかのように。

思わず、その手を両手でつかんでしまった。カイロのように熱を持った肌をさすると、安心したかのように昂士くんの表情が緩み、手の動きも止まった。

彼の手は、男性らしく骨ばっていて、肌は意外となめらかで、そして大きかった。長い、節くれだった指は、見た目よりも器用に料理をするし家事もこなす。

……この手で、指で、たとえば頬に触れられたらどんな気持ちがするだろう。

そんなことを考えてしまって、手放す気になれなくなった。

大きな右手をつかんだままベッドの横に座り込み、様子を見ているうちに——眠ってしまったのだった。おそらく〇時は過ぎていたと思う。さすがに私も、一日の仕事の後、かつ最近の忙しさでけっこう疲れていたようだ。

つかんでいた手は離れていない。

そうっと身を起こすと、昂士くんはまだ眠っている。

と思った直後、手をぎゅっと握られた。びっくりして彼の顔を見る。

昴士くんが横たわったまま、こちらをまっすぐに見つめていた。一瞬のタイミング違いか、それよりも前だったのかはわからないけど、目を覚ましていたようだ。

あまりにも視線ががっちりと合ってしまって、とっさに言葉が出てこない。

「……あ」

「さなこ、さん？」

寝起きっぽいぼんやりした声で呼びかけられた。ほぼ同時に、手をもう一度握られかけたので、慌てて引っ込める。焦りを押し隠し、背筋を伸ばして彼の目を見返す。

名残惜しそうに私の手を見つめている気がするのは、たぶん自意識過剰だろう。

「お、起きたの。気分はどう、頭痛はしない？」

「気分は、悪くない。頭痛も寒気も治まった感じ」

「熱は、どうかな。ちょっとは下がった――」

と、額に伸ばしかけた手を、またもや握られる。

その力の強さに驚いて昴士くんの顔をもう一度見ると、濃い眉の下の双眸《そうぼう》に、見たことのない色が浮かんでいることに気づいた。

下がり切っていない熱の余韻《よいん》なのか、それとも別の何かなのか――よくわからなかったが、それだけに反射的に怖く感じて、再び手を引っ込めようとする。

けれどそれは許されず、ぐいと力任せに引き寄せられた。

彼のワイシャツの肩に、こつんと顎《あご》が当たる。

抱きしめられている、と認識した時にはもう、力強い腕の中に捕らわれていた。

「佐奈子……」

耳に響いてくる切なげな、それでいて熱をはらんだ声。

さっき、うわごとで聞いたのと同じ声音だった。

その甘やかな声に気を取られている私に、熱い身体が被さる。マットレスの感触でベッドに押し倒されたのだと気づいた。

途端、激しい動揺が湧き上がってくる。

「……ちょ、っと」

この状況が何を意味するのか、私にだって分かる。

……大人の男女が一緒に暮らして何も起きないと、本気で思っていたわけではなかった。

だからこういう展開も、それ自体をまったく考えなかったと言えば嘘になる。

それでも……

「ね、ちょっとだけ、待って」

「ごめん待てない、ダメ?」

そう早口で言った彼が、目の色を変えないままに顔を近づけてくる。

重ねられた唇は柔らかく少しかさついていて……発熱の名残でか、熱かった。

濡れた舌先でなめられて、思わず唇を開くと、それが隙間からすかさず入り込んだ。厚みのある舌が、前歯を、歯茎《はぐき》をねっとりとなぞっていく。

「ん、……ふ、ぅ」

つい漏れてしまった声に煽《あお》られたように、舌の動きが大胆になる。私の舌に絡んで、ぴちゃぴちゃと立てる水音が、静かな室内でやけに大きく耳に届いた。

契約結婚なのだからダメだと冷静な自分がいる一方で、全てを委《ゆだ》ねてしまいたい自分もいる。なぜだか自分でも不思議なほど、彼に抵抗しようとは思わなかったのだけれど。それでもこの先を想像すると、身体の奥から震えが起こり、止められない。

その震えは、彼の唇が、私の唇から耳たぶ、首筋から鎖骨《さこつ》に下りていくにしたがって、強まっていく。いつの間にかはだけられていたブラウスから覗く、胸元にちゅっと口づけられた時、思わず小さく悲鳴を上げてしまった。

「ひゃっ」

「――嫌、か?」

問うてくる昂士くんの目に、傷ついたような色が浮かんだ。

彼の瞳の中に映る自分の顔を見ながら、少しの間、考える。

……違う、嫌じゃない。彼と、そういう行為に及ぶこと自体は嫌ではない。

問題は、別のところにある。

「ごめんなさい、……じゃなくて、違う、嫌じゃないの……そうじゃなくて、私」

正直に言ってしまえなくて、つい目をそらす。

しばしの沈黙の後、昂士くんが「もしかして」と何かに気づいたような声で言った。

「初めて、とか？」

「……」

声に出す度胸は出てくれなくて、代わりに小さくうなずく。

きっと、呆れられているだろう──来月三十歳になる女が、いまだに未経験だなんて。

こわごわ視線を戻すと、昂士くんは右手で口を押さえ、何かをこらえているように見えた。目線は私の顔から外され、ベッドのどこか一点を見ているようだ。

やっぱり、この年でバージンなんて、彼にとってはおかしいのだろうか。

「……変だよね、三十前まで経験がないなんて」

「いや、そんなこと思わない」

思わず自嘲《じちょう》した発言を、予想もしなかった強い口調で否定された。

「全然おかしくない。──むしろ、嬉しい」

そう言って口の端を上げた顔が、ものすごく男っぽくて、こんな状況なのに見惚れる。

もう一度、彼の唇が私の唇に軽く触れる。短いキスを繰り返す昂士くんの手が、ブラウスの布地をかき分け、下着の上から胸を包み込んだ。

優しく撫でられる動きに、背中をぞくぞくと何かが這い上がってくる。寒気に似ているけれど、寒いだけではないもの――身体の奥にあった未知の感覚が、目を覚ましてじんわりと広がってくる。

「……は……っ、あ、あ」

詰めていた息を吐きながら出した声が、自分でも思いがけないほどに甘い。

「可愛い……」

感に堪えないといったふうの、彼のつぶやきが耳に届く。

……可愛い、なんて、元彼にもほとんど言われたことなかった。キリッとしてて近づきにくい、男並みの仕事人間――そんなふうにはよく言われたけれど。

ぶるっと、唐突に身体が震える。その反応に、手の動きを止めた昂士くんが、少し不安そうに私を見つめた。

「怖いかな」

「……ちょっと、怖い」

気遣う問いかけに、やや見栄を張った。本当はだいぶ怖さがあるのだけれど、正直に言ってしまうと彼は止めてしまうかもしれない――そう思うとはっきりとは言えなかった。

けれど、そんなのはお見通しだったらしい。ふっと柔らかい笑みを浮かべた昂士くんは、私の頬を優しく撫で、そっと唇を重ねてくる。

「初めてだもんな、そりゃ怖いよな。できるだけ優しくするから。なるべく痛くないよう、努力する」

この上なく真剣に、そして気遣いに満ちた声音で昂士くんが言う。

抱きしめられる力の強さ、そして温かさ……この人なら、大丈夫だ。

そう直感した。

大きな背中を抱き返すと、ちょっと驚いたように彼がピクリとする。しばしの間の後、またキスされて、唇が離れないままにふたたび胸への愛撫《あいぶ》が始まる。

肌を優しく唇がかすめていく感触がくすぐったい。何度かは押しつけられて、軽く肌を吸われる。

そうされていく中で、ブラウスはおろか、キャミソールもブラジャーも脱がされていき、気づけば上半身は何も着ていなかった。

思わず両腕で胸を覆った私に、昂士くんは不思議そうに尋ねる。

「なんで隠すの」

「だ、だって……恥ずかしくて」

当たり前だけれど裸の胸なんて、成人してからは誰にも見せたことがない。自分自身でだってそんなにしっかり見たりはしない。

なのに、私の腕をそっと、けれど有無を言わせない熱の入った力で外した昂士くんは、さらされた二つの膨らみをまじまじと見ている。

「あ、あんまり見ないで」

「どうして？」

「……別に、珍しくないでしょ。大きくもないし」

彼にとっては女性の胸なんて、飽きるほど見てきたものだろう。私の胸はごく平均的な大きさだし、特別に見るべきものがあるとは思えない。

けれど昂士くんは「そんなこと関係ない」と、思いもしない強い調子で首を振った。

「佐奈子の胸、すごく綺麗だよ」

どこかうっとりとした口調でそんなふうに言われて、一瞬、理解ができなかった。

脳が言葉を認識した後は、一気に身体に熱が広がる。顔も真っ赤になったであろう私を見て、昂士くんはまた柔らかく笑った。

「ほんとに可愛いな」

そう言いながら、裸の胸にそっと触れてくる。

ゆっくりと撫でた後、親指の腹が乳首を擦った。

「んっ」

初めての感覚に声が漏れる。思わず発したその声は、自分でも思いがけないような甘さを含んでいた。私自身がそう感じたのだから、昂士くんにも同じように聞こえているだろう。

実際、その声をきっかけに胸への愛撫《あいぶ》が強さを増した。親指と人差し指で摘《つ》まれた乳首が、くにくにと押しつぶすように弄られる。電流のように走る気持ちよさに、背中がマットレスから浮いた。

「あ、あっ……あぁ」

一度声が出ると、止められなくなってしまうらしい。何度も与えられる刺激はそのたび気持ちよさに変換されて、喉から喘《あえ》ぎをほとばしらせる。

「んっ、ふ……ぅ、ぁっ」

「気持ちいい？」

「……ん、あっ……あぁっ」

刺激を止めないままに聞かれるけれど、答えられない。

絶えず襲ってくる快感と恥ずかしさのせいで。

でもそれで充分、伝わってはいるようで、昂士くんはにやりと口の端を上げる。

「いい声出すな、佐奈子」

すごく嬉しそうに言って、軽く舌なめずりをする。その表情は男の色気と欲望を醸《かも》し出していて、私の身体のどこか、自分でもよくわかっていない部分が、疼《うず》くように反応した。

直後、弄られて硬く立ち上がった胸の先端が、温かい感触に包まれる。咥《くわ》えられたのだと認識した次の瞬間、濡れた舌がぺろりと乳首を舐《な》めた。

「んんっ」

しびれるような快感が胸から全身に走る。繰り返し舐《な》められ、吸われるうちに広がっていく快感の波が、次第に身体の一点に集まっていく感覚を覚える。

じん、とそこが疼《うず》いてきて、じゅわり……と何かをあふれさせたように思った。

無意識に太もも同士をすり寄せると、昴士くんはそれに気づいたようで、愛撫《あいぶ》の動きを止めた。

乳房をやわやわと揉んでいた右手が、私の足の間に移動する。差し込まれた瞬間、ショーツがしっとりと湿っていることを認識させられた。

「あ……あっ」

クロッチ部分を指で撫でられて、弱いけれど確かな感触に、息と声が漏れる。

「濡れてきてるな。ちゃんと反応できてる」

彼にそう言われて、途端に顔が熱くなる。

フィクションでしか目にしたことのない「濡れる」という反応が、自分の身に起きている。それを指摘されたことが、たまらなく恥ずかしい。

視線をそらしてもじもじと身じろぎする私に、昴士くんは唇を重ねて、舌先で私の舌をつついた。

「恥ずかしがることない。ちゃんと感じてる証拠なんだ」

興奮する、とつぶやくように言った彼が、私の太ももに何かを押しつける。スラックス越しのソレが、欲望の証なのだと目で確認して、びくっとした。

当然ながらそんなモノ、見たことも触れたこともないのだ。

本能的な驚きと怖さを感じたけれど、その中に、それだけではない感情が確かに含まれていた。

その感情が何なのか考えている間に、昂士くんはワイシャツとスラックスを脱ぎ捨てた。下着一枚になると、ソレが存在を主張しているのがよくわかる。

想像していたよりも大きい……気がする。

などと見入ってしまっているうちに、私の方はスカートとショーツを脱がされていた。一糸まとわぬ姿にさせられたと思う間もなく、ぐっと足を開かされる。

「えっ？」

「舐《な》めるから」

そう言ったかと思うと、昂士くんの頭が足の間に沈む。一瞬ののち、秘裂にざらりとした、濡れたものが這う感覚がした。

「ふぁっ」

彼の舌が私のソコを舐《な》めている。強烈な羞恥《しゅうち》と、舐《な》められるたびに襲い来る鋭い快感に、激しく悶《もだ》えた。

「あ、や……だめ、そんなとこ、きたな……っ、あぁっ！」

「汚くないよ。綺麗な色してる」

「あっ、あぁんっ！　あぁっ、あん、あぁ！」

「佐奈子の、すごく甘い。もっと舐《な》めたい」

と、ぬめる舌が今度は、蜜を垂らす入口に入り込んできた。

まんべんなく穴を舐《な》め上げられて、腰が浮く。それを続けられながら、じんじんと痛むように疼《うず》く秘所のある部分を、摘《つ》まみ上げられた。

「あぁぁ！」

自分でも多少は見て触ったことがあるので、どこなのかはわかった。入口の近くにある、赤くとがった部分だ。花芽《かが》、と小説では表現されていたかと思う。

ソコを弄られるとこんなに感じるのか、と頭の隅で思ったのも束の間、与えられる快感に私はただ、嬌声《きょうせい》を上げながら悶《もだ》え続けた。

「あぁっ、あ、やぁ、んぁぁん！」

「佐奈子、もっと感じて……イッて」

強烈な快感はとどまるところを知らず、私の神経を激しく震わせ続ける。頭がぼんやりとしてきて、閉じた目の奥がなんだかチカチカする。

おかしくなる、と思った刹那《せつな》、一気に追い詰められるような感覚が身体を駆け上がってきた。

「あ、あっ、だめ、だめ、あぁぁ」

「大丈夫、そのままイケばいい」

「あ、あ、あ――――あぁぁぁ！」

ぐん、と身体が引き上げられて飛ばされるような錯覚。

脳内で何かが弾け、閃光《せんこう》が散っていく。

息もできないような強い感覚に身体がしなり、びくびくと痙攣《けいれん》する。

何秒か、完全に頭が真っ白になっていたと思う。我に返った時、まだ身体は震えていた。荒い呼吸と閉じた目の向こうで、何かが近づく気配がした。と、ちゅっとキスされる。

「上手にイケたな」

薄く目を開けると、昂士くんが下着を脱いで、何かを着けるのが見えた。

彼の身体の中心――ずっと存在を主張していたソレが、天井を向いて立ち上がっている。

避妊具を着けてもなお、その存在感は際立っていた。想像よりもずっと太くて長く、色も赤黒くてどこかグロテスクだった。

初めて目にする生のモノに、思わず息を吸い込んでしまう。ひゅっ、とかすかに鳴った喉の音を、昂士くんは聞き逃さなかったようだ。少し気遣わしげに「やっぱり怖い？」と尋ねてくる。

……今の気持ちは、一言では言い表しにくい。

怖さはもちろんある。

けれど怖いだけじゃなくて――なんというか、期待、のような感情もある。

与えられてきた刺激と快感の、もっと先。それがあるのなら知りたい、知ってみたい。自分の中にそんな欲望が確実に生まれていた。

だから私は首を振る。横向きに。

「……へいき。怖いけど、大丈夫。だから……して？」

言葉足らずな上に、なんだか舌足らずになってしまった。

しかも声がややかすれている。

なんだか変……と思った私だけれど、見上げた昂士くんの顔つきは、確かに興奮を帯《お》びていた。暗い中でもわかるほどに。

「……なんで、そんな誘い方を知ってんだ」

「え？」

さっきの私以上にかすれた声で、昂士くんが何かつぶやいた。けれどよく聞こえない。問い返したつもりだったのに、彼は答えてくれなかった。

代わりに、濡れそぼったソコに、丸い切っ先が当てられる。

「……あ」

「たぶん、最初のうちは痛むと思う。だからできるだけ力抜いて」

できる？　というふうに小首を傾げる彼に、私は声を出さずにうなずいて応えた。正直、できるかどうかはわからなかったけれど、そうしないと必要以上に痛いのだろう。

ゆっくり深呼吸をしてから、もう一度うなずく。

「――挿れるよ」

宣言された後、ちゅぷ、とかすかに泡立つような感触とともに、ソレの先端が入る。と、唐突に太いモノがぐぷっと押し入れられ、ソコがみしりと軋《きし》んだように感じた。

刹那《せつな》、引き裂かれるような痛みが一気に走る。

「……っ、う、あ」

思わず呻《うめ》きを漏らす。ずり、ずりと膣壁を擦り上げながら屹立《きつりつ》がナカを進むたびに、みしみしと痛みが腰に、下半身全体に広がっていく。

「あ、ぅあっ……ああっ」

覚悟していても、こんなに痛むなんて。

ともすれば叫んでしまいそうになるのを、目を固くつむって必死にこらえていると、昂士くんの申し訳なさそうな声が聞こえた。

「ごめん、もう少しだから……っ」

「っ、う……は、ぁぁ……」

「……っ、ふ……入ったよ、全部」

はあっ、と息を吐いて昂士くんが言う。ゆっくり息をして、とアドバイスされたのでそうするよう努めていると、わずかではあるけれど痛みがマシになっていく気がした。

それにつれて、自分のナカに入っているモノの存在が、あらためて認識されてくる。

身体の中で、自分以外の一部分が脈打っている——初めて味わう感覚は、思った以上に圧迫感が強くて、少し苦しさもあった。

うまく呼吸ができなくて、息を詰めてしまう。その気配を敏感に察したのだろう、昂士くんの表情が曇った。

「大丈夫か？」

そう尋ねる彼の声は、本当に心配そうで。

気遣ってくれているのがよくわかって、こんな時だけれど、心の中がふわっと温かくなる。

だから、私は「うん」と応えた。本当は痛みと息苦しさで辛いけれど、そうなると予想していながらも抱かれることを受け入れたのは私自身。

ここを乗り越えなければ、その先も見えてはこないのだ。

「ほんとに？」

「……大丈夫。ちょっと、苦しいけど」

ついそう言ってしまって、瞬時に後悔する。

昴士くんの顔つきが少し引きつったから。

そうだよな、とつぶやくように口にした彼は、自嘲《じちょう》するような笑みを浮かべた。

「ごめん……けど、すごく気持ちいい、佐奈子のナカ」

「そう、なの？」

繋がっている部分に意識を集中させると、彼のモノが熱を持ち、膨らみを増すのがわかった。

興奮している……のだろうか。彼が、私のナカで。

――すごく、嬉しい。


そんなふうに思って、さらにソコに意識を傾けた瞬間、昴士くんが「うっ」と呻《うめ》いた。

声が妙に苦しそうに聞こえて、私は慌てる。

「ど、どうしたの」

「……今、あんま締めないで。ヤバいから」

と説明されて、今度は困惑する。締めないで、と言われてもそんなことをした覚えはない。

それに、ヤバいって何が？　どういう意味？

いくつもの疑問符が頭の中に飛び交う。そんな私の様子を見て、昴士くんがまた笑った。けれど今度は自嘲《じちょう》ではなく、どこか嬉しそうな、楽しそうな笑みだ。

「感じてくれてるんだな」

「え？」

「もっと、佐奈子に感じてほしい。感じさせたい」

動くよ、と宣言した後、彼の分身が私のナカの、入口まで引き戻された。かと思った直後、一息にソレを突き入れられる。

ずずっと壁を擦り上げられ、トンと切っ先を奥に当てられる感覚に、また息が詰まった。

「っ、あ」

一瞬のちに飛び出した声は、甘く喘《あえ》いでいた。その声をきっかけにするかのように、昂士くんが腰を律動《りつどう》させ始める。リズミカルな動きを繰り返し、私の内側を満たす剛直を子宮の入口に当てる。まるで何かを呼ぶためにノックするかのように。

それはあながち、例えだけの話ではなかった。

膣壁を繰り返し擦られる感触で次第に、私の中に存在する未知の感覚が呼び覚まされていく。

それが確かに感じられた。

「あぁっ……は、ぁあっ、ふぁあっ」

突き上げられるたび、止められない喘《あえ》ぎが唇からほとばしる。気づけば、あれだけ強かった痛みはかなり引いていて、多少重苦しいような感じが残るのみになっていた。

代わりに、だんだんと頭の中が、別の感覚を追いかけることで占められていく。

ナカを満たされ擦られること、奥を突かれることで、確実に気持ちよさが生まれつつある。


――これが、性的な快感、と言われるものなのだろうか。


「ココかな……佐奈子の感じるトコロ」

「……あ、やっ、そこ」

屹立《きつりつ》がナカでくるりと回り、違う所を突き始めた。その途端、今までとは段違いの刺激に襲われ、身体が悦《よろこ》んだのを感じた。

確かに、昂士くんが言った通りに「感じるトコロ」なのかもしれない。その場所に当てられると、普通に突かれるよりもずっと気持ちよかった。

「あ、あぁっ、あぁんっ……あ、ぅ、だめっ」

私が「感じている」ことを確信したらしい昂士くんが、切っ先をぐりぐりとソコに押しつける。頭を突き抜けてしまうような強い快感が走り、私は身体をしならせた。

「ここ？　ほんとにダメ？」

尋ねながらも、きっと止める気はないのだろう。そう思わせるほど執拗《しつよう》に彼はその場所を突き、押し上げては、私を快感の渦に放り込んだ。

「や、あぁっ、だめ、だって……やぁんっ、あぁ、ぁああ」

「可愛いよ、佐奈子——もっと啼いて」

ほとばしり続ける嬌声《きょうせい》を聞いて、昂士くんは汗を伝わせながら、さらに嬉しそうに責め立ててくる。ぐちゅぐちゅという水音と、パンパンと肌がぶつかり合う音が、暗い部屋の中にこだまする。

今度は、強すぎる快感で息をするのも苦しい。そうなりながらも、彼にそれほどに求められている今この時が、とても幸せだった。

「——あ、あぁ、あぁぁっ」

突然また、一気に神経が追い詰められてくる。

――アレが、絶頂の瞬間がまた来るのだとわかった。

「佐奈子、イキそうか？」

「……あ、い、いく……イクっ、っ、あぁぁ――っ！」

昂士くんに尋ねられた直後、全身がどこかに飛ばされる感覚に襲われる。頭の中が真っ白になって、まぶたの裏に無数の星が乱舞した。跳ねた身体が弛緩して、ぶるぶると震え出す。

それでもなお、彼の責めは終わらなかった。

「あっ、も、もう無理……っ、あ」

「悪い、あと少しだけ……俺ももうイクから」

腰のピストン運動が今まで以上に速くなり、しばらくして。

「……う、あっ」

彼が小さく呻《うめ》く。一瞬ののち、薄い膜越しに吐き出される熱さを、確かにナカで感じた。

◇

目覚めてすぐ、スマートフォンがアラームを鳴らした。

音声によると今は六時。三十秒ほど鳴り続けた後で静かになる。

温かな匂いを感じて顔を上げると、鼻の頭が目の前の肌に擦れると同時に、尖ったものがこつんと頭に当たる。

起き抜けの頭でしばし考えたのち、数時間前の出来事を思い出した——私は、昂士くんに抱かれたのだ。それも一度だけでなく二度。一度目の後に少しうととしていたら、彼に再度求められて、流されるようにふたたび身体を重ねた。

二度目の、貪《むさぼ》られるような情熱的な行為と、自分がさらした痴態《ちたい》を思い返して、かあっと全身が熱くなった。

今は裸のまま、抱きしめられている。

頭のすぐ上には昂士くんの顔。それを俯瞰的《ふかんてき》に頭の中で描いてしまい、さらに身体の熱が上がる。

さっきのアラームが六時ということは、普段もう起きる時間だ。朝ごはんを作らなきゃいけないし、メイクの時間も要る。

何より一番に、シャワーを浴びなければいけない。

背中に回されている腕をそっと外して、昂士くんの身体と布団から慎重に抜け出す。床に脱ぎ散らかされた服をかき集め、音を立てないよう気をつけつつ彼の部屋を出た。

シャワーを浴びている途中で、鎖骨《さこつ》周りや乳房に残るいくつかの赤い点に気づいた。昂士くんに吸われた痕だと思い至り、また顔に血が上ってきてしまう。

……初めての経験であんなに気持ちいいと感じられるなんて、思いもしなかった。漫画や小説ではそういうこともあるように表現されていたけれど、現実でも本当にあるだなんて。

挿れられた当初は、確かに痛かった。奥まで埋められた後もしばらくは痛みが勝っていたけれど、ゆるゆると腰を動かされ内側をまんべんなく擦られるうちに、次第に快感の方が強まっていった。ひとたび気持ちいいと感じると、身体はそれを覚えてしまうのだろうか。彼自身の律動《りつどう》が速くなり強まるにつれ、身体が拾い上げる快感もどんどん大きくなったのだ。

――セックスって、あんなに気持ちいいものなんだ。

ふと浮かんだ感想がひどくはしたなく感じて、またもや顔が熱を持つ。

湯船に浸かっているわけでもないのに、このままだとのぼせてしまいそうだ。シャワーを止め、身体を拭いてあたふたと浴室を出る。

自室で身支度を整えてからキッチンに行き、昨日食べずに置いていた魚を冷蔵庫から出す。魚をレンジのグリルモードで焼きながら味噌汁を温めていた時、リビングダイニングの扉が開いた。

昴士くんが入ってきたのに違いないけれど、恥ずかしさが先に立って、振り向くことができない。

彼は彼で、何も言葉を発さずに、こちらへ近づいてくる。

どんな顔をしているんだろう、何と声をかけられるんだろう――と思っているうちに、背後に回られ、後ろからゆるく抱きしめられた。

比喩《ひゆ》でなく心臓が五センチぐらい跳ねた、そう感じた。

「おはよう」

「――お、はよう」

当然だけどめちゃくちゃ近くで声が聞こえて、しかもそれがやたらと優しい声音で、ひどくドキドキする。密着した背中からは彼の熱が身体に広がっていき、ますます鼓動《こどう》が速まる。うなじに鼻を押しつけるようにしていた昴士くんが「いい匂い」とつぶやくように言う。

「……お味噌汁が？」

「そっちもだけど、佐奈子の方が」

呼ばれた途端、ぼっと顔に火が点いた。日常的な場面で呼び捨てにされると、こんなにも照れくさいものなのか。

今の自分の顔は、絶対に彼には見せられない。そんな妙な自信があった。

「昨夜はありがとう」

染み入るような声で、昴士くんが私の耳にささやいた。

……ありがとうって、何に？

夜通し看病《かんびょう》したことなのか、もしくはその後のことなのか――どっちを指しているのだろう。

それとも、両方に対して？

「すごく嬉しかった」

本当に、本心から嬉しそうに言葉を続けられて、激しく照れくさい。

けれどそれと同時に、心の中にはほんのりと温かい灯がともる。

嬉しかった、と言われたことが私も嬉しい。昨夜のことも……思い返すとすさまじく恥ずかしいけれど、後悔はしていない。初めての相手が彼で良かったと思う。

そんな感情で胸がいっぱいになった。

喉が詰まって、言葉に出すことはできなかったけれど。

「身体、大丈夫か。辛くない？」

「……大丈夫」

それを聞くのは私の方じゃないかな、と考えつつ答える。様子を見る限り、彼の方はすっかり熱も下がって、普通に元気そうだ。

私はといえば、本当はまあまあ足腰が痛むし、身体の奥の違和感もいくらか残っている。

でもそれを正直にわざわざ告げて、彼の声を曇らせたくないと思った。だから少し強がった。

そっか、よかった。そうつぶやいた昴士くんが、私のうなじに短いキスを落とす。

その場所からまた、じわっ……と熱が身体に広がっていく感覚が、抑えられない。

昴士くんが食器棚からお茶碗と木のお椀を出し、味噌汁とご飯をよそってくれる間も、彼の顔を見る勇気が出なかった。焼き魚のお皿とお箸《はし》をテーブルに並べながらも、ともすれば速まってしまう心臓の鼓動《こどう》を懸命になだめていた。

結局、食事中も顔をまともに見られないまま、向かい合って朝食を終える。

その間、昴士くんは特に何も言わなかった。上目遣いでどうにかちらりと見ると、食べる様子はいつもと変わりはないから、やはり体調は普段通りに戻ってきているらしい。


――昨夜の出来事を、あらためて考える。


彼はどういうつもりで私を抱いたんだろうか。

『ごめん待てない』

……あれはどういう意味なのか。

この禁欲生活《きんよくせいかつ》が限界ということだったのか。

それなら理屈で理解できる。

昴士くんはどこからどう見ても健康な成人男子だ。我慢の反動で、あの時そういう欲求が抑えられなくなってしまったとしても、全然おかしくはない。

だから、たまたま近くにいた私に――仮にとはいえ妻である私に、手を出したということではないだろうか。そう考えるのが妥当なのはわかっていた。私たちの結婚は、恋心や愛情によるものではないのだから。

けれど、自分で出した結論に胸がもやもやしてくるのは——私が、彼になら抱かれていいと思ってしまったからだ。初めてを捧げてもかまわないと。

彼はとても優しかった。私を気遣って、ゆっくり事を進めてくれた。

身体を繋げてからは、余裕のない様子も見せていたけれど、それでも私がどう反応しているか、痛くないかに気を配ってくれていた。

昂士くんが初めての相手で良かった、と思う。

心の底から、本当に。

そんなふうに感じているのは、私の、彼に対する感情が変化しているからだ。

この四ヵ月で進行してきた心の変化は、自分でも戸惑うほどに大きく、でも認めないわけにはいかないほどに、はっきりとしている。

『——嫌、か？』

不安そうな、傷ついたような目を向けられた時、彼の望むようにしてもらいたいと思った。

彼に抱かれることを、自分でも強く望んでいた。

この人を本気で好きなのだと、その時にたぶん、確信させられた。

第四章　波乱と不安

ふと時間を確認すると、七時半が近い。私のいつもの出勤時間だ。

そういえば、今朝は昴士くんがまだ家にいる。今日は朝イチの会議とか、急ぐ用事はないのだろうか。

歯磨きしてさっと口紅を直し玄関に向かおうとすると、それを見て彼がコートを羽織《はお》り始めた。

「もう出るよな。送るよ」

「……えっ？」

送る、というのは車で職場まで送っていく、ということだろう。

昴士くんは毎日マイカーでの通勤だけれど、私は電車利用である。一本で行けるし、最寄り駅から事務所は近いから不自由は感じない。

だから同居してから今日に至るまで、彼の車に頼った日はなかった。

そもそも再会以後だって、その日に料理屋へ連れて行ってもらったのと、駅まで送ってもらっただけだ。あとは入籍日の朝、役所へ一緒に行ったぐらい。

「ど、どうして？」

驚きを隠せずに尋ねると、口の端でちょっと苦笑いを作って、昂士くんは答える。

「ほんとは身体、ちょっと辛いんだろ？」

「………」

言葉に詰まってしまった。

気づかれていたのか――あるいは、今までの経験からそう思ったのか。

自分の中に浮かんだ考えに、複雑な気分にさせられる。

そんな気分になってしまうことに、また戸惑った。昂士くんがこれまでに誰と付き合ってこようと、私には関係のないこと、口出しする権利のない過去だというのに。

「慣れないことを二回もしたんだから当たり前だ。しかも俺のせいで。そんな女を満員電車に乗せるために見送れない」

彼のその言葉は、なぜか少し怒っているように聞こえる。尋ねた時に私が正直に答えなかったことが、もしかしたら不満なのだろうか。

「それにあんまり寝てないだろ。車の中で、ちょっとでも寝とけよ」

口調を一転して気遣わしげなふうに変えて、そう言い足される。

確かに、ベッドに寄りかかって二時間ほど仮眠したのと、行為の後でやはり二時間ぐらい眠っただけだ。そのわりには眠気を感じないけど、言われた通り身体は、まだちょっと辛い。

「……そう言うそっちは、体調もう大丈夫なの？」

「おかげさまで」

にやりと笑った表情にやたらと色気が感じられてしまって、また心が乱れる。

昨夜高熱を出したことが嘘かのように、すっきりと気分の良さそうな顔をしていた。

……実際、すっきりしたんだろうな。

なんてことを思ってしまった自分がはしたなくて、恥ずかしい。

「——じゃあ、お言葉に甘える」

「ん、了解」と応じた昂士くんと連れだって、家を出た。立体駐車場の出入口に行き待っていると、見覚えのある高級車が出てくる。

こんなふうに彼の車を待つなんて、不思議な気分だ。

助手席に乗りこんでシートベルトを締めると、ゆっくりと車が発進する。

朝の通行量の多い大通りを走っているにもかかわらず、運転はまったく危なげなものを感じない。どうやら本当に体調は回復しているようだ。

二十分ほど経つと、見慣れた風景が目に入ってきた。そろそろ職場の事務所があるブロックだ。

「あ、ここで……」

ここでいい、と口にしかけた制止はスルーされた。

事務所の前に車を停められると目立つから、手前のコンビニ前で降ろしてもらおうと思ったのだけれど、配慮《はいりょ》も空しく、事務所の真ん前まで車は進んでしまった。

しかも、永森さんや、他の二人が出勤してきたところにかち合ってしまう。

始業前の高級車の到着に、いったい何事かと全員が注目していた。

「降りないの？」

「――降りるけど」

「仕事頑張ってな」

「……うん、そっちも」

ドアを開いて私が姿を見せた途端、男性二人は口をぽかんと開け、六旗さんは「ええっ」と驚きを声に出して表した。

助手席のドアを閉めると、窓越しに昂士くんが軽く手を振った。うなずきで応じると、車はさっきと同じように、ゆっくりと発進して去っていく。

車が見えなくなると同時に、おそるおそる振り返る。

三人それぞれが、個々の好奇心を顔いっぱいに浮かべて、私を凝視していた。

朝の冷たい空気の中、沈黙を破ったのは六旗さん。

「穐本さんおはようございます。今の車って『保険メルカート』の樹山マネージャーさんのですよねっ？」

昂士くんが事務所に来る時、使っていたのは社用車だけでなく、何度かは自分のあの車だった。

六旗さんは車に興味があるようだから、ナンバーを含めてしっかり覚えていたらしい。

「なんで穐本さんが樹山さんの車に乗ってご出勤なんですか。そんなご関係なんですか。もしかしてゆうべ、お泊りしちゃったりしたんですかっっ!?」

矢継ぎ早に尋ねられる内容は、どんどん飛躍《ひやく》していく。

ほとんど間違ってはいない現状なだけに、かえって即答ができない。

興奮して私につかみかからんばかりになっている六旗さんを、平川さんが引きはがす。

「落ち着けよ、菜々美《ななみ》」

「……穐本さん、おはよう。樹山さんと出勤なんて珍しいね」

我に返ったような顔の永森さんに、意外そうな口調でそう言われる。

永森さんに結婚の報告をした時、平川さんと六旗さんには当分黙っておいてほしいと頼んだ。できるだけこの結婚については広めたくなかったたし、特に六旗さんに言えばいろんな意味で騒がれるのが想像できたからだ。

だから今朝の事態は、いったいどんな風の吹き回しかと思われているに違いない。

「えっ所長、お二人の関係をご存じだったんですかっ?」

「ええっ、どういうこと?　何も聞いてないよ」

平川さんと六旗さんが、そう言ってさらなる驚きをあらわにする。三人三様に、私がどう説明するのかと、固唾《かたず》を呑んで待っているのがものすごくよくわかった。

適当なことを言ってごまかせるほど、嘘が上手くはない。

ある程度のことは今、他の二人にも打ち明けておくべきなんじゃないのか。

頭の中の自分がそう結論を出した。

「――すみません、言ってなくて。実は、彼とは小中高の同級生で」

「えっ」

「半年前に再会したら意気投合しちゃって、八月から一緒に暮らしてるんです」

「ええええっ」

嘘をつく時は、九割真実を混ぜるべき――そんなふうに言ったのは誰なのか。うまいこと表現するものだと、今この時実感していた。

四ヵ月も前に結婚している、とまではなんだか言いづらかったから、少しだけ脚色《きゃくしょく》した。その説明は、三人三様の驚きで受け止められた。

「御曹司《おんぞうし》とそんなことになってたの！」

「え～元同級生と再会愛なんですか。なんかロマンチック～」

「……なるほどね」

平川さん、六旗さん、永森さんの順番で、反応が返される。

「すみません……その、なんか言いづらくて」

「まあ、気持ちはわかるけど」

永森さんは苦笑いでそう言い添えた。その表情はちょっと複雑そうだ。

無理もない。そもそも、平川さんと六旗さんの結婚出産を危惧《きぐ》したからこそ新しいスタッフとして私を雇ったのに、その私までもが結婚してしまったとなれば、今後の仕事に影響が少なくないかもと心配になったことだろう。

おまけに、他の二人には黙っていてほしいなどと無茶なお願いをしたくせに、自分からバラすような行動を取った。にもかかわらず、まだ結婚の事実については正直に言っていない。

いったいどういうつもりなのか、何をしたいのかと永森さんでなくとも思うだろう。

……やっぱり相当に、今の状況は後ろめたい。

「ほんとにすみません、今後気をつけます」と、当たり障りのない返事をしておくしかなかった。

◇

その日は、隙あらば六旗さんが「同棲生活《どうせいせいかつ》」の詳細を聞き出そうとするので苦労した。永森さんや平川さんが抑えようとはしてくれたけど、その彼らも、物問いたげな目と隠しきれない好奇心を顔に浮かべ、うずうずしている様子だった。

致し方ないことではあるけれど、今まで隠していた分、さらにはまだ隠していることもある分、はっきり言っていたたまれない。

自分から言い出してしまったことではあるにせよ、やっぱり契約結婚なんてするべきじゃなかったかも――とは思うけれど、じゃあすっぱりやめてしまえるのかと問われたら、今の私はきっと答えられない。正直、その自信はなかった。

なんとも落ち着かない気持ちと状況で過ごした、その日一日。

針のむしろに座らされているような思いは、終業時間では終わらなかった。

私の仕事がそろそろ終わるのを、まるで見計らったようなタイミングで、車が事務所前に停まったのだ。

車の輪郭《りんかく》だけで気づいたらしい六旗さんが「あっ！」とまず叫び、その声に誘われて外を見た私たちも、朝に見たばかりの車なので記憶に新しく、見間違えようもない形と近づいてくる人影をただ凝視していた。

きい、と事務所のガラス扉をその人影が開く。

「皆さん、お疲れさまです」

にこやかに挨拶した昂士くんを、全員が瞠目《どうもく》して見つめた。

一番先に我に返ったのは、さすが所長と言うべきか、永森さん。

「樹山さん、どうも……こんな時間にどうなさいました」

「彼女を迎えに来たんです」

永森さんの質問に、昂士くんは笑顔を崩さずに答えた。

「そろそろお仕事終わりのお時間ですよね？」

「は、まあそうですが」

ちらりと永森さんから送られた視線に、私は飛び上がるように席から立ち上がった。

「すみません、ちょっと失礼します」

慌てて昂士くんに駆け寄り、腕を引っ張って事務所の外に出る。

建物横の暗がりに彼を引きずっていく私を、通行人が何事かという目で見てくるが、今はかまっていられない。

「どうしたんだよ」

「そ、それはこっちのセリフよ。何がどうしたっていうの」

「言っただろ、佐奈子を迎えに来たんだよ」

「——仕事、忙しいんじゃないの？」

問うてみると、昂士くんは淡い苦笑を浮かべた。

「まあ、実はまだ今日の分は残ってる。運よく持ち帰りにできる内容だったから、そうした」

「なんで、そんなことしてまで……迎えなんかに」

「心配だったんだよ。今日一日、身体は辛くなかったか？」

逆に問われて、頬に血がぶわっと上る。

昨夜のことを思い出してしまったからなのは言うまでもない。

しかもかなり鮮明に。

顔を真っ赤にした私を、昂士くんは何の裏もなさそうな、心底から気遣わしげな表情で見てくる。

「さ、さすがにもう、何ともないわよ」

早口で答えると、彼は「ならよかった」と本当にほっとしたように応じた。

「ちょっと激しくしすぎたからさ」

などと、とんでもないことを続けて口にしたけれど。

思わず周りを見回してしまったが、幸い、聞こえるような範囲には誰もいなかった。

「で、今日はもう帰れそう？」

「……一段落、ついてはいるけど」

「なら帰る準備してきて。待ってるから」

にっこりと笑まれて言われると、残業するつもりだったとは反論できなくなった。

建物の中に戻り、すみません今日はもう失礼します、と永森さんに伝える。

「隅田《すみだ》さんの件は終わってる？　明日提出だよ」

「それは、何とか一段落してますので」

「ならいいよ。今日もお疲れさま」

そんなふうに話をしていると、平川さんと六旗さんがいそいそと寄ってきた。

「樹山さんの車、アルファロメオだよな。さすが御曹司《おんぞうし》は乗ってる車も違うなあ」

「わざわざお迎えだなんて、愛されてますねえ。羨ましいなぁ～」

「おいおい、比べないでくれよ」

「大丈夫、泰ちゃんにそういう期待はしてないから～」

「おまえなあ」

そんな、冷やかしともいちゃいちゃともつかない会話をＢＧＭに、急いで帰り支度をして、事務所を出た。

すぐ前の道で、車に身体を預ける格好で、昂士くんはスマホを操作しながら待っていた。そんな姿は、通りを行き交う車のライトの効果も手伝って、ＣＭの映像か宣伝写真のようだった。

こんな人が、仮にでも今は、私の夫なんだ――と思うと、少しだけ誇らしい。

あくまでも契約関係でしかないのは、わかっているけれど。

車は滑るように夜の町を走り、体感的にはあっという間に、マンションの駐車場に到着した。

ターンテーブルに停められた車を降りようとすると、「ちょっと待って」と制止の仕草をされる。

なんだろうと思っていると、先に外へ出た昂士くんが助手席に回ってきて、ドアを開けた。

「どうぞ」

「……うん」

差し出された手に、ちょっと躊躇《ちゅうちょ》してから、自分の手を重ねる。

その手を、私が車を降りたタイミングで彼は、ぎゅっと指を絡めて握った。

体温の高い肌の感触が、いろいろなことを思い出させて、恥ずかしさが湧き上がる。

駐車場から出て、ホールでエレベーターを待っている間、じりじりとした気持ちとともに尋ねた。

「なんで、こんなことするの？」

「こんなこと？」

「迎えに来るとか――これとか」

これ、で繋がれた手を振ってみせる。

今までに、同じ時間に出勤のため家を出ることとか、二人で近くのスーパーへ買い物に行くことはたまにあった。けれど出勤手段が違うからいつもマンションの出入口で別れていたし、買い物の行き帰りに手を繋いだことなんて当然なかった。

だから私にとっては当たり前の疑問なのだけど、彼は「ああ」と何でもないことのように受けて、またにっこりと笑った。

「夫婦だから」

「……っ、それは契約、」

契約のでしょ、と返そうとした唇を、指でふさがれる。

そしてそのまま、唇をそっと重ねられた。

◇

それから昂士くんは毎日、朝は車で送ってくれ、帰りは駅まで迎えに来てくれるようになった。帰りが駅なのは、事務所には専用駐車場がなく、建物の前にたびたび停めると迷惑だし、どうしても目立つからだ。

そもそも、残業する日も当然あるからと迎えは何度も断ったのだ。彼にだって残業、そして早出の日があるはず。

なのにほとんどの場合、彼は私の都合に合わせて行動している。どうしても無理な時は先に出たり遅く帰ってきたりするけれど、その時はずいぶん渋々とした様子だし、送り迎えをする時の彼は、いつも妙に嬉しそうだった。

「本当に、大丈夫なの？　仕事」

実際、それは気になって何度も尋ねている。管理職とはいえ、そんなに簡単に仕事の都合をつけられるものなのだろうか。

「佐奈子が気にしなくていい。ちゃんとやってるから」

と彼は言うけれど、いつかみたいにおそらく、仕事を持ち帰っている日もあるに違いない。

そこまでして私を送り迎えしたい理由は何なの、と聞いたら「無理をさせてるから」と返される。

そのたび私は、顔が熱くなる反応を抑えられない。

——十二月初めのあの夜以降、ほぼ毎晩、私は昂士くんに抱かれている。

あまりにも頻繁《ひんぱん》なので、ちょっと体力が……と思う時もあるのだけれど、彼の手や唇に触れられると、いつも押し流されてしまう。

昂士くんも「無理をさせてる」と言うからには、きっと自覚はあるのだろう。

……だったらもう少し加減してくれればいいのに。

とは思っても、流されてしまっている側からすると、はっきりそうとは言いにくい。

私は自分を、性欲が薄いタイプに違いないと思っていた。これまでに付き合った人たちの、誰とも性的な触れ合いをする気になれなかったのはきっとそういうことなんだ、と結論を出していた。

けれど今の私を俯瞰的《ふかんてき》に見たら、どこが性欲薄いんだと自分自身でツッコんでしまう。

押し流されているのは間違いないけれど、本気で嫌なら断ればいい話だ。

彼は残念そうな顔をするかもしれないが、されるのが本当に嫌だったら、そんなことは気にしなければいいい。そもそも昂士くんはずっと私の意思を尊重してくれていて、私が本気で拒めば絶対にやめてくれる。

――そうしていない理由は、まぎれもなく私自身が、彼に抱かれることを望んでいるからに他ならなかった。

男女の性差を意識しない、楽な関係性だと思っていた相手を、今は誰よりも「男」として意識している。男としての昴士くんを、毎日毎夜、これ以上はないほどに見せつけられ、認識させられている。

たとえ、彼の目的が手近な性欲発散だったとしてもかまわない。

そんなふうにまで考えてしまっている私がいた。

彼に甘やかされることが心地良くて――彼に抱かれる時間があまりにも気持ち良くて、自分からは手放したくない気持ちになっているから。

……こんな日々を続けていて、契約の一年後にすっぱり別れることができるのだろうか。

別れの時、私は彼に、平気な顔で「ありがとう、元気でね」と言えるのだろうか。

◆

その日の朝、職場に着くとなんとなく浮き立った雰囲気を感じた。

それもそのはず、今日で今年の仕事は終わり。

明日からは年末年始休暇だ。

「おはよう、皆。今日もよろしく」

「おはようございます！」

「おはようございます、樹山統括《きやまとうかつ》」

挨拶を返してくれる社員たちも、普段より顔にワクワクした様子が出ている。

その中から抜け出し、早足で寄ってくる一人がいた。

「統括、おはようございます」

「ああ、おはよう酒上《さかうえ》くん。……何かな」

西日本統括に就いた春以降、俺の補佐役をしてくれているのがこの酒上くんだ。

前にいた営業部での役職は主任ながら、入社時から切れ者との評価が高く、三年目にして社内の業績トップである営業一課の主任に抜擢《ばってき》されたという。

それから二年。今年は係長昇進が確実と言われていたようだが、俺が西日本統括として名古屋から神戸に移るにあたって、酒上くんが案内役および補佐役として付いてくれることになった。

彼がこの人事をどう思ったかは知らない。

前線部隊からいわば裏方に回されたわけだから、いくぶんは不満もあったのではないかと思うが、今までのところそういう様子はおくびにも出したことがない。前評判通り、非常に優秀な人材かつ年齢以上に落ち着いた人物である。

何年かのちに俺の補佐を外れた暁《あかつき》には一段階、いや二段階飛ばして部長になるかもしれない。

その男が、今朝はやけにニコニコとしている。まあ日本人らしからぬ容貌《ようぼう》で穏やかな笑みを絶やさないゆえに、女性社員の間では「微笑み貴公子《きこうし》」などと呼ばれているようだが、整った造作だけに普段はともすれば作り物めいて見えなくもない。

だが今浮かべている表情は、本心から楽しげに見える。

何か、よほどいいことがあったのだろうか。

「昨夜、各支社から最終報告がありまして。どこも昨年より四十パーセント以上、売り上げが増加しているそうですよ」

西日本にある支社全てに、仕事納めの日までに十月以降の売り上げデータをまとめて報告するように通達していた。十数ヵ所ある支社の、全部で四割以上売り上げ増であるならば、申し分ない業績と言える。よい知らせに違いない。

「朝からありがとう。それはよかった。その報告が理由かな、君がご機嫌なのは」

「ご機嫌ですか、僕」

「違うのか？」

「まあ不機嫌ではありませんが。統括ほどご機嫌なわけではないですよ」

「俺？」

指摘に首を傾げると、酒上くんは意外そうに目を見張った。

「気づいてらっしゃらないんですか？　ご結婚なさってからそうだと思っておりましたが、最近は明らかに機嫌よく見受けられますよ。――そうですね、今月の初めぐらいから」

彼の分析が的確すぎて、とっさには苦笑いしか返せなかった。

「……そうだろうか」

「ええ。支店のマネージャーがこぞって『統括は表情が柔らかくなった』と申しておりました。神戸《こうべ》の連中も噂しておりますよ、来た頃の統括は機械みたいだったけど近頃は人間らしくなったと」

半ば無意識に頭をかいた。

思い当たることだらけで、いよいよ苦笑を深めるしかない。

営業次長を務めていた名古屋から、突然の辞令《じれい》で神戸への転勤、そして西日本統括の任務を命じられた。若くとも四十過ぎの社員が任されるべき役職に、三十前で就く。

それだけ期待されていると受け取るよりは、周囲の見方を懸念《けねん》する思いの方が強かった。おそらく多くの者は、創業家御曹司《おんぞうし》だからこその人事と多かれ少なかれ考えるだろう。

それはある程度事実であるだけに、反論はできない。

ならば能力と実績で周りに認めさせるしかないと思った。

それゆえに、こちらに来たばかりの頃は仕事漬けであるのみならず、社員たちにも厳しく接していた。年上の社員も当然多い中、遠慮や謙遜《けんそん》は逆に舐《な》められる材料になる。

だから意識的に厳しくし、時には高圧的に振る舞った。

それが間違いだったとは思っていないが、今考えればいささかやり過ぎの場合もあったように感じる。さぞかし当時は、皆に必要以上の苦労をかけていたに違いなかった。

「それは、申し訳なかった」

様々な意味を込めてそう言うと、酒上くんは「ええまあ」と、まったく否定することなく応じる。先ほどとは違う理由で内心、苦笑してしまう。

「相変わらず正直だな、君は」

「まわりくどい話は好みでないので」

彼にはこういう、飾らないと言えば聞こえはいいが、歯に衣を着せない物言いがデフォルトのところがあるのだ。個人的には嫌いではないが、相手によってはさぞかし苛立ちを煽《あお》ることだろうと、他人事ながら少々心配になる。

「で、報告は支社の売り上げについてだけかな」

「いえ。私事ですが、来年春に結婚することになりました」

笑みをいよいよ深めて言われた内容に、なるほどそれがご機嫌な理由か、と納得した。

「それはおめでとう。君にもそんな相手がいたのか」

「ええ、実は高校の頃から付き合っていまして。仕事が楽しいからと、なかなかよい返事をしてくれなかったんですが、先日やっとＯＫをもらえました」

いつになく饒舌《じょうぜつ》な酒上くんに、この男にもこんな一面があったのかと少し驚く。

同時に、彼のお相手についての話――仕事が好きで結婚したがらなかった、という点に、彼女のことが思い起こされる。

彼女と俺も、学生時代から知っている間柄だ。

あいにく、付き合っていたことは一度たりともないが。

それに、俺たちには十年以上のブランクがある。

彼女——佐奈子が、どんな男に出会ってどんな交際をしてきたのか、まったく知らない。佐奈子の性質と、彼女が未経験だったことを考えればある程度は推測できるが、その想像にすら落ち着かない気分にさせられる。

五月に再会した時、なんて綺麗になったんだろうと思った。

昔から年齢よりも大人びた凛《りん》とした顔つきで、他の女子とは一線を画しているところがあったが、十一年ぶりに新幹線のホームで見た佐奈子は、あの頃とは比較にならない。

どんな大人の女性になっているだろうと時折想像していた姿よりも、段違いに美しくなっていた。

だがその顔は、どこか浮かない表情だった。衝動に突き動かされて声をかけ、少し話をしただけでも、言葉の端々には隠しきれない疲れがにじんでいた。

かつての同級生から流れてくる噂では、佐奈子は東京の建築事務所に就職し、バリバリ仕事を頑張っていたはず。

なのに、意気消沈した顔で故郷《こきょう》に戻ってくるなんて、彼女らしくない。

なんとか元気づけてやりたい。その思いで昼食に誘った。理由は気になったが、彼女が言いたくないならば無理に聞き出すつもりはなかった。

だが、佐奈子も誰かに事の顛末《てんまつ》を打ち明けたかったようで、遭遇《そうぐう》した不運な出来事について話してくれた。

その話を聞いた時、当然ながら理不尽さに憤りを感じたし、彼女ひとりで抱えているのは苦しかったに違いないとも思った。

だから、同級生とはいえ久しぶりに会っただけに過ぎない——彼女にとってはそれこそただの元同級生でしかない俺に、話そうと思ってくれたのだろう。

佐奈子は、納得しきれない表情を覗かせつつも、現状を受け入れようとしていた。過去に何もなかったことにはできないから、前向きに今後を考えて行動をしていた。

陥った不運、理不尽な現状に負けてしまうのではなく、自分ができることを探して実行する。

そんな強さは、間違いなく佐奈子の長所であり——俺がかつて惹《ひ》かれた、彼女の美点であった。


——思えばあの頃から、佐奈子に対する感情は、自分でも呆れるほどに変わっていない。


佐奈子に出会ったのは、小学生の頃。

地元の公立小学校に入学した際、一年生のクラスが同じだった。

その頃、というか小学校の間は、彼女を特別に意識した覚えはない。
二、三度同じクラスにはなったと思うが、なにぶん幼かったから、異性よりも同性の仲間と遊び、騒ぐ方が圧倒的に楽しかった。

だから佐奈子のことも同学年の女子という以上には認識しておらず、何かしら特別視する機会もなかったと思う。

それが変化したのは中学進学の直後。

中一でまたもや同じクラスになり、久しぶりに近い距離で見た佐奈子は、記憶よりもかなり大人びていた。他の女子とは明らかに違う、だが周囲から浮き上がるという種類ではない、独特の雰囲気を醸し出していた。

有り体に言えば、とても魅力的に感じた。

もともと顔立ちは整っていて、小学生の頃から理知的な、見るからに頭の良さそうな女子ではあった。実際、成績は良く、同級生や教師への気遣いも持ち合わせていたので、どの担任教師にも信頼されていた気がする。

そんな彼女は、小学生の間こそ大人びすぎていて、男子連中には（場合によっては一部の女子にも）敬遠される場面があったのだが、中学生ともなれば逆に、その大人びたところは魅力として映るようになる。実際、学年が上がるにしたがって、佐奈子に憧れや好意を抱く奴らが俺の周りでも増えてきた。

そういった状況に対して俺は、徐々に焦りを覚えるようになる。

当時は自分のその感情がなんなのか、正確には認識できなかった。

はっきり自覚したのは中二の時——続けて彼女と同級生になり、しばらく経った頃のこと。

その時のクラスには、非常におとなしい女子が一人いた。

高井美鈴《たかいみすず》という名のその女子は、一学期の間はおとなしすぎて誰も注目していなかったのだが、夏休みの宿題で提出した絵が県のコンクールに出品され、後日、大賞を受賞した。

その功績が担任や美術の教師、さらには校長に事あるごとに褒められたのをきっかけに一部の生徒からのちょっかい、いわゆる「いじめ」が始まったのだ。しかも、その行為を行ったのは、当時校内でも問題視されていた「不良」たちだった。

それゆえに、同級生をはじめとする周囲の生徒たちは、誰ひとり「いじめ」に対して対処できなかった。下手に高井美鈴をかばったり助けたりすれば、自分にも火の粉が飛んでくる可能性が出てくる。皆そうなることを恐れて、身近で起こっている理不尽な事態を静観《せいかん》していたのだ。

当時クラス委員だった、佐奈子を除いては。

最初こそ言葉だけの揶揄《やゆ》であった行為は、高井美鈴が言い返さないのをいいことに、だんだんエスカレートしていった。

教科書が破られ、カバンを隠され、弁当をゴミ箱に捨てられ……そんなふうになっていき、高井美鈴が教室や廊下で泣いていても、佐奈子以外は手を差し伸べなかった。

佐奈子は、いじめ行為に気づいたであろう当初から、何かにつけて高井美鈴と一緒に行動したり、不良たちがからかっている現場に割って入ったりしていた。高井美鈴が泣いている時にはどこかへ連れ出し、話を聞いたり慰めたりしているようだった。

あの頃を思い返すと、消えない後ろめたさが頭をもたげる。

俺も周囲で「静観《せいかん》」していたうちの一人だったから。

だからこそ、佐奈子の行動はとても素晴らしく見えて——もっと言うなら、女子ながら格好よく映った。次第に、何もしない自分自身が情けなく思えてくるぐらいに。

そしてある日、騒ぎが起きた。

いつものように揶揄《やゆ》され、黙り込む高井美鈴を佐奈子は、不良たちからかばった。その日は、いじめのリーダー格だった男子生徒に、直接文句を言うことまでしていた。

『いいかげんにしなさいよ。高井さんばかりからかって、何が楽しいの』

そして、いつもなら佐奈子の介入を渋い顔をして受け止め、普段は仲間を引き連れその場を黙って離れていたそいつは、佐奈子に反論したのだ。

『いいかげんにするのはそっちの方だろ。クラス委員だからって調子に乗るんじゃねえよ』

男子生徒の口調は、中学生にしてはかなりドスが利いており、恫喝《どうかつ》と言ってもおかしくないように聞こえた。

シン、と静まりかえった教室の面々。とっさに返す言葉を出せずにいた佐奈子と泣きそうな高井美鈴、それを愉快そうに見やる不良たち。

彼らの作り出す張り詰めた空気の中を、意を決して俺は動いた。

佐奈子と高井美鈴の前に、彼女たちをかばうようにして立った。

『……なんだよ、樹山。お坊ちゃんが』

『調子に乗ってるのはおまえたちだろ。高井も稙本も、おまえたちに何も迷惑かけてないじゃないか』

『てめえには関係ねえことだろうが』

『関係はある。クラスメイトがいじめられてるんだからな』

俺は当時、クラス委員ではなかったが、男子全体における代表のような位置づけを暗黙の了解的にされていた。だから俺が行動すれば、多少なりとも、他の同級生に影響を及ぼすことができるのではないかと思った。

そして、それ以上に――佐奈子を助けてやりたかった。

彼女の勇気を、義侠心《ぎきょうしん》を、無駄にしたくはないと感じた。

まさにそのタイミングで、担任教師が教室に入ってきた。

『何をやってるんだ、おまえら』

『………』

『先生。あの、実は』

『今、いじめられてるとか聞こえたが。どういうことだ』

担任の問いをきっかけに、事態は急展開を見せた。

遠巻きに見ていた同級生の中から、女子が何人か出てきて、佐奈子と高井美鈴を取り囲んだ。彼女たちの大半は、佐奈子が普段親しくしていた女子でもあった。

それを合図にするように、他の連中がざわめき始めた。あいつら酷いよな、仲間なのに、高井さん悪くないのにね――などの言葉が途切れ途切れに聞こえる中、担任は当事者である佐奈子たちと俺、不良たちに事態の説明を求めた。

当然ながら不良たちは黙秘《もくひ》を貫いたが、佐奈子は高井美鈴が受けていた仕打ちを事細かに語り、俺は彼女を補助する形で多少の補足をした。

幸いにも担任は、自分の受け持ちクラスで起きた問題を握りつぶしたり、なあなあにしたりする人間ではなかった。事態はすぐに学年主任の教師に、そして校長に報告されたようで、不良たちは厳しく叱責《しっせき》されたと聞いた。

その後、なりを潜めた不良たちは、クラスでの居心地が悪くなったからか、あまり教室で見かけなくなった。

反対に、佐奈子と結果的に親しくなった高井美鈴はほどなく他の女子たちとも交流するようになり、絵のうまい女子として学級での人気が高まったのだった。

あの頃も今も、佐奈子の内面は変わっていない。

責任感と誠意があり、理不尽な事柄には立ち向かう。だが自分ではどうにもならない時は、ただ引き下がって落ち込むのではなく、己を引き上げて状況改善をはかる。

それは間違いなく彼女が持つ強さであり、美点だと思う。

だからこそ惹《ひ》かれた。

そして、今でも強く惹《ひ》かれている――稙本佐奈子であり、今は樹山佐奈子でもある、たった一人の女性に。

◆

いろいろあった年があらたまって、一月。

年末年始の休みを経て、今年の仕事始めの日が来た。

……本当に、去年はいろんなことが起こった。必ずしも良い出来事ばかりではなかったけれど、新しい仕事を始めたし、充実した一年だったと思う。

今年も、しっかりと仕事に打ち込んで、次回の試験こそは合格して一級建築士の資格を取りたい。

試験はたぶん今年も七月下旬だろうな――と考えて、時期の近いある事柄を思い出し、少し気分が落ち込む。

七月の次の、八月。契約通りであれば、私たちはその月の半ばに離婚する。

残り七ヶ月半、日にちで数えると二百三十日ほど。

逆算すると、昂士くんと契約結婚して、まだ百三十日程度なのだ。

たったそれだけの間に、私たちの関係性は大きく変わってしまった。書類上だけの夫婦だったはずが、ある意味、本当に「夫婦」になってしまった。

その関係――毎晩の「交流」というか行為は、一ヶ月経った今でも続いている。

しかも、日を経るごとになんだか、彼の態度が甘くなっているというか……行為がしつこく、かつ、激しくなっている気がする。

最初の夜からして一度では終わらなかったけれど、今は、二回どころか三回目を求められる夜もあった。そんな夜の翌朝は、ぐっすり眠っても寝不足の感覚で筋肉痛も辛かった。

……ではあるのだけれど、それを結果的に毎回受け入れてしまっているのは、私だ。

昴士くんの甘い囁き、優しく的確な愛撫《あいぶ》をいつも拒み切れない。自分でもどうかとは思うけれどつい流されてしまう。

いや、流されるだけじゃない。

状況的にはそうなっているけれど、心の中には彼と触れ合いたいと思っている自分がいる。

それも、起きている間の時間はほぼ常に考えていると言っても、決して言いすぎじゃない。

抱かれるたび、可愛いと囁かれるたびに、より昴士くんを好きになっていっている。

そういう自分の心の動きが、毎日ものすごくよくわかってしまう。ごく普通の日常の中で、彼の表情の変化にドキリとさせられたり、かけてくれる言葉に嬉しくなったりすることによって。

こんな展開は予想していなかった。

もちろん、昴士くんに対して好感は持っていた。

でなければ契約結婚なんて持ちかけない。

でもそれは、異性としての好意ではなく、話がしやすいかつての同級生に対しての感情であり、幼馴染に抱く親愛の情に近いもの——だったはず。

それなのに今は、こんなにも彼を好きで……恋情よりはむしろ、愛情に近くなってしまっているのも、自分でうすうす気づいている。


——昴士くんを、男性として愛している。


けれど想いを打ち明けたらきっと、彼は困ってしまうだろう。都合のいい相手として契約結婚した女からそんなことを言われても、まったく嬉しくないに違いない。

だからこの想いは伝えられない。

伝えてはいけないのだ。

たった一年限定だとしても、契約上のかりそめの関係であっても、期間中は「夫婦」として過ごしていたいから——その関係のバランスを、自分から壊す真似をするべきではない。

ともすれば口からあふれてしまいそうになる想いを抑えながら、私は日々、自分にそう言い聞かせているのだった。

◇

さて、仕事始めの日の朝。

出勤すると、朝イチのミーティングで永森さんが、所長として今年の抱負《ほうふ》などを述べた。

「皆さん、明けましておめでとうございます。事務所を立ち上げて二年目の昨年も、有り難いことに多くのお問い合わせやご依頼をいただき、充実した一年を過ごすことができました。三年目の今年も、全員で力を合わせて一件でも多くご依頼をゲットし、施主様《せしゅさま》に喜んでいただける仕事をいたしましょう」

「はい！」

「はいっ」

「はい〜」

新年一番目の訓示に、私も含め三者三様の返事が返される。

その余韻《よいん》が消えた後、永森さんはこう続けた。

「そして新年早々、ビッグニュースがあります」

嬉しそうに告げた言葉の続きを、私を含む他の三人は期待して待った。所員の眼差しが注がれる中、永森さんは咳払いをひとつして、朗々とした声で発表する。

「地元の誉《ほま》れである作曲家、山根沢大岳《やまねざわひろたけ》氏の新しい自宅を、うちが手掛けることになりました！」

おおっ、と平川さんが感嘆し、六旗さんは「えーっ」というびっくり顔で固まった。

ざわめきの中、私は他の二人に先駆けて「おめでとうございます」と拍手する。

平川さんと六旗さんもすぐに続き、「やりましたね」「すごいです～！」と称賛した。

山根沢大岳氏と言えば、県内出身の作曲家で、音楽に興味がある人なら誰もが知ると言っても過言ではないほどのビッグネームだ。

有名演歌歌手から流行りのアイドルに至るまで、昨今のヒット曲の四割には山根沢氏が作曲や編曲で関わっているらしい。永森さんが言った通り、地元の誉《ほま》れと言われている大物である。

ただし大物であるだけに、気難しい性格も持ち合わせていると世間では噂されていた。

氏のレッスンに一分遅れたアイドルが出入り禁止になったとか、どうしても気に入る曲が仕上がらなかったために某演歌歌手のアルバムが発売中止になったとか。

永森さんが「山根沢先生は気難しいと言われてるけど、案外気さくな方なんだよ」と、機先を制するように言った。

「ただし、ご機嫌さえ損ねなければ、という注釈《ちゅうしゃく》は付くけどね」

そう言い添えた永森さんの苦笑が、皆に波及する。

「ともあれ、この仕事が首尾よく完了すれば、うちの名前が一気に広まることは間違いない。反対に、失敗すれば評価が落ちることは明らかだ。そのことを皆も肝に銘じて、この大仕事に取り組んでもらいたい」

「はい！」

「さて。もうひとつ、おめでたいニュースがある」

「何ですか？」

永森さんの前振りと六旗さんの問いに、思わずビクリとしてしまう。

「休暇の間に稙本さんが、結婚したそうだ」

「ええー。おめでとうございます！」

「おめでとう」

ずいぶんスピード婚だね、と平川さんに言われて一瞬口ごもる。

「――え、ええ。年齢も年齢だし、結婚するなら早い方がいいって……身内にも言われたので」

ぎこちない反応を照れ笑いと受け取ってくれたのか、平川さんと六旗さんに不審そうな顔はされなかった。ひとまずほっとする。

ちらりと永森さんを見ると、こっそりと身体の陰で親指を立てて見せてくる。

うまくいったね、とその表情が物語っていた。

いつまでも職場で「内緒」というわけにもいかない。戸籍上は苗字《みょうじ》が変わっているのだから、何かの拍子にバレてしまうと話がややこしくなる。

それに、同居についてはすでに知られてしまっているのだ。

年が改まるこのタイミングできちんと話しておくのはどうか、と永森さんにも助言されて、明かすことにしたのだった。

それはまったく、永森さんの言う通りではあったけれど……実のところ、永森さんも秘密にしているのがそろそろ限界だったんじゃないかと思う。平川さんたちの交際の件でもわかるように、四人しかいない事務所の中では、一部でだけ秘密を保つなんてことはかなり難しいのだ。

まあ私自身、いつ口を滑らせてしまうだろうとヒヤヒヤしていた心境であったから、結婚をオープンにできて正直ほっとしている。

今後は、結婚の時期についてうっかり本当のことを言わないように気をつけないと。

——などと考えて、また、「本当の結婚記念日」にやって来る事態を思って気がふさぐ。

最近着け始めたばかりの、左手薬指の指輪にもまだ慣れていないというのに。

私たち二人だけに対する影響で済む話ならまだいい。

もはや、そうではなくなってしまっているのを、この年明けにも思い知らされたばかりなのだ。

◇

私たちが、年末年始の休みの間に実際にしたことは、親戚《しんせき》への挨拶回りだった。

我が家の方は、両親ともにきょうだいが一人ずつだし、どちらも遠方だから電話と手紙で済ませたのだけれど、樹山家の方は当然ながらそうもいかない。

以前にも言われていた通り、お正月明けに行われる親族大集合のパーティーに参加するため、大晦日の二日前から義実家へ連れて行かれたのだ。

もともと樹山家は東京が地元であるのだけれど、昂士くんが生まれる少し前からの二十年ほどは、彼のご両親は関西暮らしだった。それは、いずれ跡を継ぐにあたり、東京以外での基盤も築いておく方が良いという、昂士くんのお祖父さんの考えによるものだったらしい。

昂士くんが大学に進学するとほぼ同時に、ご両親も東京の本家へ移り住んだ。

だから現在、彼の実家は東京なのだけれど、本人はいつも「実家っていうか、祖父さん祖母さんの家って気分が抜けない」と言う。それは確かに、昂士くんにとっては幼い頃から「祖父母の家」であったのだから、その通りなのだろう。

——さて、お祝いの場と言えば私は、友達の結婚披露宴《ひろうえん》や二次会ぐらいにしか参加したことがない。当然ながら、大仰なパーティーに出るための服も礼儀作法も持ち合わせてはいなかった。

だから話を聞いた時は正直焦ったけれど、必要な準備は全部、昂士くんが手配してくれていた。

義実家に着くと、ドレスをはじめとするパーティーコーディネート一式（小物含む）と、短期集中で礼儀作法を教えてくれる先生が私を待っていたのだ。元日以外の日は、毎日数時間、先生に歩き方からテーブルマナーまで、みっちりと教わった。

結婚指輪もその時から……というか正しくは、義実家に行く前日から着け始めたのだ。

それも昂士くんがいつの間にか用意してくれていた。さすがに身内や親戚《しんせき》の前で着けずにいるのは不自然に思われる、と言われて、それはもっともだと思わざるを得なかったから。

にわか仕込みではあったけど、努力の甲斐あって、明らかに指摘されるような失敗はしなかった、と思う。少なくとも表面上は「きちんとした人をもらったね」と誰もが笑顔で言ってくれていた。

……いや、そうではない人たちも一定数見かけたけれど。

彼のいとこやはとこに当たる、若い女性たちの多くは、私を見て引きつった笑みを浮かべていた気がする。中にははっきりと睨んでくる（そして親御さんに注意される）人もいた。

きっと彼女たちは、それぞれに昂士くんを想っていたのだろう。

あわよくば自分が妻の座に、と思う人も何人かはいたに違いない。

そんな彼に、ぽっと出に見える女が妻としてくっついていたら、面白くないのは当たり前だ。

だから、彼女たちから突き刺さる視線は甘んじて受けていた。あからさまな嫌がらせをされたり、暴言を投げつけられたりしなかったのが、せめてもの幸いである。

そうならなかったのは、ひょっとしたら、昂士くんが私に付きっきりだったからかもしれない。誰かに挨拶する時でも、昂士くんだけが「ちょっと」と呼ばれた時でも、彼は必ず私を連れていった。もし、五分でも私ひとりになる時間があったら、件の女性の誰かに嫌味や皮肉のひとつふたつはぶつけられていたのではないか。

昂士くんはそれを危惧《きぐ》して、私を一人にしなかったのだろうか——思い至ると、そうとしか考えられなくなってくる。

だとしたら、彼に気遣われたことが、とても嬉しいと感じる。

もし、契約結婚を怪しまれないために、私との「熱愛ぶり」を見せつけるのが主な目的だったのだとしても。

——私の、昂士くんに対する感情は、以前とはすっかり変わってしまっている。

そして日に日に、大きく膨らみ続けている。

もう心の中は飽和状態《ほうわじょうたい》で、いつ想いがあふれてしまってもおかしくない。

だけど、それを口に出すことはできない。

私と彼の結婚は、あくまでも「契約」だから。

たとえ、彼に毎晩、貪《むさぼ》るように抱かれていても。

熱のこもった、甘い声音で「好きだ」と繰り返しささやかれていても。

私は仮の妻に過ぎないのだということを、忘れちゃいけない。

一年が経てば、この契約結婚は終わりを迎える。そうなれば私たちは会うこともなくなる関係になるだろう——いつか本当に結ばれたい人と出会った時に、支障がないように。

事あるごとに心に言い聞かせるその作業に、日増しに、苦しさと切なさが交ざっていっているとしても。

◇

そんな頃の、ある日のこと。

現場からの帰りに、通りがかったコンビニに立ち寄ると、レジで声をかけられた。

「いらっしゃいませ。あれっ、佐奈じゃない」

考え事をしていたせいで伏せていた視線を上げると、目の前のレジ係は先日再会した友人の真結だった。

「え、真結……ここで働いてるの？」

「うん、まあ」

ごほん、と隣のレジから咳払いが聞こえた。見ると、私たちの親世代に当たるであろう年齢の男性店員が、こちらにちらちらと視線を送ってきている。

すみません店長、と真結が頭を軽く下げ、再度こちらに向き直った。

早口の小声でこう言う。

「ごめん、あと十分ぐらいでちょうどシフト終わるんだ。ちょっと話したいから、待っててもらってもいい？」

「……あ、うん。いいよ。ちょっとなら」

この後は事務所に戻るけれど、昼に外出の予定はないから、何時までに戻らなければという制約はない。二十分ぐらい話す程度なら大丈夫だろう。

持っていた、昼ごはん用のパンと紅茶の会計を済ませて、イートインコーナーに座っていると、きっかり十分後、店員の制服を脱いだ真結がやってきた。

「お待たせ。ここじゃなんだから、外に行こうか」

と真結が指差したのは、車道を挟んでコンビニの斜め向かいにある喫茶店。

そこに腰を落ち着けて、私はコーヒー、真結はミックスジュースを注文した。

話って何だろう。それになぜあのコンビニで働いているのか。まだお子さんは〇歳のはずなのに。

そう考えていたのが顔に出ていたらしく、真結は笑って説明を始めた。

「なんであそこで働いてんの、って顔してるね。実はあの店、旦那の両親がフランチャイズのオーナーになってるの。さっきの店長はお義父さん」

「ああ。そうなんだ」

「だからたまに、子供をしばらく見てもらう代わりに、手伝いでシフト入ってるのよ。旦那は自分の仕事が忙しいからほぼワンオペ育児だし、子供と二人の時間が長いと正直気が滅入るから、気分転換にちょうどよくて助かってる」

なるほど、そういうことか。

確かに、ワンオペ育児の末にノイローゼになってしまう話は時々耳にする。真結がそうなるとは思わないけれど、育児を常に優先させなければいけない生活が疲れるのは、誰でも同じだろう。

それで、と話題を変えた真結は、打って変わって引き締めた表情で、私の顔をじっと見た。

「なんか佐奈、疲れた顔してない？」

「……えっ」

「それが気になったの。前に会った時もちょっと気になってたけど、今はその時よりももっと、疲労が溜まってる顔をしてる」

「…………」

母親になっても変わりない勘のよさに、二の句が継げない。確かに、契約結婚をしてからこちら、その事実がバレないようにと多かれ少なかれ気を張ることが多い日々だ。

最近は特に——昴士くんと一線を越えてしまってからは、いろいろ考え込む時も増えた。ほぼ毎晩抱かれているのも変わらずだから、単純に肉体的疲労も加わっているし。

「今ってさ、先輩の建築事務所に勤めてるんだっけ」

「うん、そう」

「仕事はうまくいってるの」

「そうだね、順調だよ。だいぶ忙しいけど、毎日充実してる」

「ふうん。そのわりにはなんか、辛そうだけど」

「——そう、かな」

鋭い、鋭すぎる。私が抱えている疲労感が仕事によるものだけではない、と察するところが、何かしら真結にはあるのだろう。

「そういや、前に役所にいたのはなんで？　あの時は聞きそびれたけどさ」

「……あ、えっと」

さらに追加された質問に、焦りが生まれてくる。

真結が言うように、あの日尋ねられなかったのは単に聞きそびれたか、もしくは「話せない事情」を具体的でなくても察せられたからだと思っていた。

助かった、とその時は感じていたけれど、今になって問われるとは。

何も、代わりの理由付けは考えていなかった。

内心かなり焦っていると、真結の目がきらり、と光ったように見えた。

「樹山となんかあった？」

「――どうして」

「こないだ樹山の話題が出た時、佐奈ちょっと話を不自然に終えちゃったじゃない。絶対なんか他にもあるなって思ったけど、佐奈があの時は話したくなさそうだったから、問い詰めなかったの」

そうだ、彼女の言う通りだった。

あの時真結は、聞きようによっては消化不良に感じられる話に対して、突っ込んでこなかった。佐奈がそう言うなら聞かずにいる、と引き下がってくれたのだ。

……今、話すべきなんだろうか。

いや、それ以上に、私自身が誰かに話したい。

この特殊な状況を二人だけで――いや、私ひとりで思い悩んでいるのも、限界がある。できることなら、誰か一人でもいいから、打ち明けられる相手が欲しい。

そう思ったら、話したい衝動が止められそうになかった。

「――その、驚かないで聞いてくれる？　あと、他の人には絶対に内緒でお願い」

私の問いに、真結ははっきりとうなずいてくれる。その力強さに背中を押された気持ちで、私は口火を切った。

「実はね、――――」

ほぼ全てを（彼との夜の生活に関する現状以外）、簡潔にではあるけれど話し終えると、真結は「はーっ」と大きく息を吐いてからこう言った。

「……そんなことになってたの」

次いで腕組みをして、うーんと何事かを考え込む仕草をする。

「気持ちはわからなくもないけど……普通じゃないよね」

「……そうだね、わかってる」

「でも佐奈から持ちかけたんでしょ？」

「それはそうなんだけど。でも、あんなにあっさり受け入れられるなんて、思わなかった。冗談だって言って流そうとしたら、いい考え、だなんて昴士くんが言い出して」

「昴士くんて呼んでるんだ」

へえー、という表情をされて、ちょっと恥ずかしくなる。

「ああ、そういや樹山って昔——うん、なるほど。納得した」

「え、なに？」

今のは、すごく気になる言い回しに聞こえる。

思わず問い返した私に、真結はいたずらっぽい微笑みを見せた。

「気になる？」

「そりゃそうよ」

勢い込んで受けると、真結の笑みはますます深まった。

「だよねえ。でもごめん、今は内緒にしとく」

「え」

それはないんじゃないか、と反射的に言いそうになった。呆気に取られた私を見て、真結の顔に少しだけ、申し訳なさそうな色が浮かぶ。

「ごめんね。でもそのうち、きっとわかるようになるから。大丈夫よ」

思わせぶりな言葉に首を傾げてしまうけれど、前回「昴士くんとの契約結婚」について正直に話さなかった身としては、それ以上深く問うことはできない心境だった。

けれど、真結の言いたいことがなんなのか、まるで見当がつかない。

「せめて、ヒントぐらいないの？」

「ヒントなら、さっき私が言っちゃってるよ？」

「………………？？？」

ますますわからなくなった。

比喩《ひゆ》でなく首をひねり続ける私を、気のせいではなく面白そうに見やって、真結は立ち上がる。

「そろそろ戻らないと、お義母さんとの約束の時間だから。また、話したいことがあったら電話でもメッセージでもしてよ」

言いながらジュース代をテーブルに置き、じゃあね、と慌てた足取りで真結は喫茶店を出ていく。

子育て真っ最中のお母さんは大変だ。

一人になると、じんわり後悔の感情が湧いてくる。

二人だけの秘密を、第三者に話してしまったことに対して。

……けれど、誰かに話さずにはいられなかった。

叶わない想いを、自分だけで抱えているのは、時に苦しすぎて。

真結なら秘密を守ってくれると、前回と同じように信じるしかない。

そういえばさっき、真結は「大丈夫よ」なんて言っていたけれど——何がどう「大丈夫」なんだろう？　考え始めるとますます気になってくる。

けれど、スマホのアラームが午後十二時を告げて、我に返った。

「ヤバい。戻らなくちゃ、事務所」

あたふたと、さっきの真結以上に慌てた動作で荷物を持ち、伝票《でんぴょう》を手にして席を立った。

◇

一月の三週目。

山根沢大岳氏の新居建築プロジェクトが、本格的に動き出した。

氏の現在の活動拠点は当然ながら東京なのだけれど、こちらで暮らしている老齢の両親が心配なので、今後は一緒に暮らそうと考えたがゆえの新居らしい。気難しいとの噂だが、意外に親孝行な人物のようだ。

ちなみに山根沢氏は独身である。現在、という注釈《ちゅうしゃく》が付くけれど。

元奥さんとは熱愛婚だったそうだが、仕事に没頭しすぎる夫との生活に嫌気が差して、彼女は氏と懇意《こんい》にしていた音楽プロデューサーと駆け落ちしてしまったとか。

だから山根沢氏に元奥さんや不倫《ふりん》とかの話題はご法度《はっと》だよ、と永森さんに何度も釘を刺された。

よくよく気をつけなければ、と心構えをしながら臨む打ち合わせは、なかなかに緊張する。

けれど幸い、氏は永森さんを気に入ってくれているみたいで、初めの二回の打ち合わせは順調に進んだ。

ところが、三回目の会合でのこと。

永森さんが仮案として出した設計図を見ながら、山根沢氏は「う～ん」と言いながら、長いこと首をひねり唸っていた。

「あの、どのあたりがお気に召さないでしょうか……？」

十分近く何も言わないため、永森さんがおそるおそる口火を切る。

氏はさらに二分ほど唸った後、やっと言葉を発した。

「うーん、だいたいは問題ないんだけどねえ……ここ、ここのところ」

「お手洗いですか？　各階に一ヵ所ずつ設置しておりますが」

「僕はね、インスピレーションがトイレで湧くことが多いんだよ。だから日に十五回はトイレに行く。となると、一階と二階、一つずつじゃ少ないだろう。あとね、一階は広さも足りない」

「ご要望通り、ご両親の介護が必要となった時に備えて、車椅子が入れる面積にいたしましたが」

「そうじゃないよ。キーボードとノートパソコンを置ける場所が欲しいんだ」

「キーボード、とパソコンですか？」

「インスピレーションが湧くと言ったろう。忘れないうちに曲にするためには、すぐにでも弾いてみて打ち込む必要がある。その間の時間が短いに越したことはないんだ」

「はあ……なるほど」

永森さんは納得したようにうなずいているけれど、心の中ではきっと『それならそうと最初から言ってくれ』と思っているだろう。設計案を作る前の打ち合わせではその点について何も言っていなかったのだから、そう思うのが当然だ。

この調子では今後また、設計案について難癖《なんくせ》を付けられるかもしれない。

そう危ぶむ気持ちが湧いたのとほぼ同時に、山根沢氏がいきなり、こんな提案をしてきた。

「ねえ永森くん。設計監修を入れさせてもらっていいかい」

「監修……ですか？」

「君を信用していないわけじゃないが、なにぶん僕は設計に関しては素人だからね。だから知人に教えを請うて、間違いのない理想の家を作り上げたいんだ」

「……なるほど」

設計監修とは、基本計画の段階から参加する、第三者専門家のことだ。

建物の設計内容に対し、施主《せしゅ》側に立って助言、場合によっては代替案を作って、施主《せしゅ》の要求を満たすようにサポートを行うのが役目とされている。

また、全体の工程を把握して遅延が発生しないように管理したり、工事費に対しての査定《さてい》を行ったりもする。言ってみれば計画全体に対するマネージャーのような役割である。

その人員を新たに加えたい、と山根沢氏は言っているのだ。

このプロジェクトの責任者である永森さんとしては、面白くないだろう。少し離れた席から見ていても、表情を押し殺している様子がうかがえる。

けれどここで「それは受け入れかねます」と返せば、氏が機嫌を損ねて、プロジェクトそのものがなかったことになってしまうかもしれない。

この場の、山根沢氏以外の誰もが、同じ懸念《けねん》を持っているはずだ。

重苦しい沈黙が会議室を支配した。

本音では断りたいに違いないけれど、結局のところ、永森さんは折れた。

「承知しました。第三者専門家を入れたいとおっしゃるのでしたら、お受けしましょう」

はーっと、私と平川さんと六旗さんの、音にならないため息が会議室に満ちた気がする。

「ところで、ご知人とおっしゃる方のお名前をお聞きしても？」

「ああ。君も知っているはずだよ。野々原彰司《ののはらしょうじ》くんだ」

「――え」

永森さんと私の声が重なる。

にっこりと問いかける山根沢氏に、永森さんは、硬い声で答えを返した。

「知ってるだろう？」

「もちろんです。私の恩師《おんし》ですから」

「そう聞いたよ。永森くんは優秀な教え子だったと言っていた。だがまだ若いから、経験値の足りない面はあるともね」

ははは、と山根沢氏の笑い声が響く中、微妙な空気が流れる。

「僕の弁ではないよ。だが実際のところ、野々原くんは経験も申し分ないからね。彼に監修してもらえば間違いなく、素晴らしい家が出来上がるだろう」

山根沢氏の言うことは間違いなく一理あった。野々原先生は、数十軒の個人宅に加え、大手企業の自社ビルや公共の大きなホールなどを手掛けたことも少なくない。独立して二年半の、永森さんの経験とは比べ物にならないのは明白だ。

さらに、恩師《おんし》と教え子という立場では、よほどのことがない限り断れない。それをわかった上で山根沢氏はこの話を出してきた。そう感じた。

あるいは野々原先生自身が、このプロジェクトの話をどこからか聞きつけて、監修を引き受けると持ち掛けてきたのかもしれない。

「来週にはスケジュールが空くそうだから、次の打ち合わせからは参加してもらえるだろう。連絡も近々来るはずだから、よろしく頼むよ」

「……承知しました」

どこまでも陽気な山根沢氏の笑いと、じんわりと漂う気まずい空気に包まれながら、三回目の打ち合わせは終わったのだった。

◇

日にちは無情なほどすいすいと経過し、あっという間に翌週となった。

この日は現場となる土地の確認を兼ねた、地鎮祭《じちんさい》当日。

施主《せしゅ》の都合が平日につかなかったため、日曜日にとり行われた。

朝、事務所のメンバーと駅で待ち合わせて現場に出向くと、すでに到着している人たちがいた。

施主《せしゅ》の山根沢氏と——野々原先生と、そして。

「やあおはよう。永森くんに穐本くん、久しぶりだね」

「おはようございます！　穐本さんお久しぶりです」

「おはよう……ございます」

呆然としてしまうのは避けがたかった。

……なぜ、野々原先生だけでなく、中邑さんまでがここにいるのだろうか。

「穐本くん以外ははじめましてだね。うちのアシスタントの中邑ゆかりくんだ」

「はじめまして！」

「彼女はまだ経験が浅いからね。山根沢さんの現場を見るのは非常に良い勉強になると思って、連れてきたんだ」

「勉強させていただきます。よろしくお願いいたしますー！」

ご機嫌な先生と、やたらと愛想と元気のよい中邑さん。

笑顔の山根沢氏はおそらく、二人の間柄を疑いもしていないだろう。そういう鈍さが奥さんに逃げられた遠因なんじゃないかと一瞬思ったけれど、そんなことを呑気に考えている場合ではない。

……大丈夫なのか、この状況？

特殊すぎる緊張を感じながら、地鎮祭《じちんさい》と土地確認をなんとか乗り切った。

それは、私の落ち着かない様子を見ていた永森さんも、同じだったようだ。

「穐本さん。先生と一緒に来てた子って、もしかして……？」

全員で事務所に戻り、私が簡易キッチンでお茶を淹れるタイミングで来た永森さんが、待ちかねたように尋ねてきた。

「たぶん、所長が予想してる通りです」

即答すると、永森さんは「あちゃあ」と額を押さえる。

「何考えてんだ、先生……そんな人だったっけ？」

「ですよね……」

私たちが知っていた野々原先生は、普段は温和だけど仕事には厳しく、公私のけじめもしっかりつける人だった。それがいつの間にか、不倫《ふりん》相手を出張に堂々と連れて来るようになっているなんて。

同病相憐《どうびょうあいあわ》れむ、といった心境で、私と永森さんは顔を見合わせた。

「山根沢さんがこのこと知ってる……わけはないよな」

「知ってたら監修を頼んだりしないいんじゃないですか」

「そりゃそうだ」

はあああ、と永森さんが盛大にため息をつく。

「俺、この案件、進めるの不安になってきた」

「僕もですよ……」

本当に、先がどうなるのか、見当もつかない。波乱の予感しかしない。

けれどこの予感は私たちだけで留めておこうと意見が一致し、平川さんと六旗さんには余計な情報を与えないことに決定した。

永森さんが元事務所の先輩、かつ「不倫《ふりん》の目撃経験者」でよかったと、あらためて心から思った。

◇

同じ週の、週末のこと。

正確には土曜日の朝、私は昴士くんと特急列車に乗り、県の北部へと向かっていた。

事の起こりは、一昨日の夜。

仕事から帰ってきた彼が、唐突に『一泊二日の旅行の準備しといて』と告げたのだ。

『え、出張でもあるの？』

『違う、佐奈子の旅行準備』

『……私？』

『週末、温泉行くから』

話が見えずに首を傾げる私に、彼はこう続けた。

『気分転換だよ。佐奈子この頃、なんか元気ないだろ』

『え、そ、そうかな』

ぎくりとしつつもはぐらかそうとしたが、彼には通用しなかった。

『ここ半月ぐらい、しょっちゅう浮かない顔してるじゃん。今週の頭ぐらいからはさらに憂鬱《ゆううつ》そうな顔してさ』

『……』

『仕事、相当しんどいんじゃないのか』

『……そんなこと、ないけど』

いろいろ呑み込んで強がりを言ったけれど『俺に強がるなって』と返されてしまった。昂士くんには何もかもお見通しのようだ。

『ちょうど今週は仕事の切れ目でさ、俺も土日休めるから。一緒に出かけよう』

こういった流れで、突然に、二人での初旅行が決まった。

山根沢氏の件に関するあれこれは、もちろん彼に話してはいないのだけれど、根の深い事柄だけに顔に出てしまっている時があったらしい。確かに、地鎮祭《じちんさい》のあったこの間の日曜からは、ともすれば重い憂鬱《ゆううつ》に襲われていた。

そんな気分の中で差し出された、彼の気遣い。

驚きつつも、とても嬉しく感じた。

彼が手配したならずいぶんと、よく言えば豪華、悪く言えば大仰なプランになっているんじゃないかと思った。けれど予想に反して彼が選んだ場所は、それなりに知られてはいるものの賑わっているとは言えない、鄙《ひな》びたと表す方がふさわしい温泉地だった。

「佐奈子は、人の多い所よりこういう所の方が落ち着くだろ」

「よくわかったね」

年寄りっぽいかもしれないけれど、確かに私はいわゆるリゾート地よりも、この温泉地のような、シーズン中でもそれほど人が多くはない穴場的な場所が好きだった。

そんなことを話したことはないのに、と感心した気持ちで言うと、昂士くんはにこりと得意そうに笑んだ。

「夫婦だから」

当たり前だ、というふうに短く言い切って、繋いだ手の絡めた指に力を込めてくる。

——夫婦って言っても、契約でしかないじゃない。

そう口にしてしまいそうになるのを押し込めて、淡く笑みを返した。

人通りの少ない温泉街を抜けてたどり着いたのは、瀟洒《しょうしゃ》な造りの和風旅館。周りと比べて決して大きくはないけれど、庭が広く取られていて、建物はまだ新しい感じがした。

「いらっしゃいませ。ようこそお越しくださいました」

旅館の女将《おかみ》と思われる、和服姿の品の良い女性に出迎えられる。

「本日はどうぞお寛《くつろ》ぎくださいませ」

そして建物二階の、温泉街が見渡せる眺めの部屋に案内された。十二畳ぐらいだろうか。

荷物を適当に片付けて、用意されていたお茶とお茶菓子で、ひと息つく。

三十分後、一階に降りてしんとした館内を通り、二人で外へ出た。天気が良いので夕食まで散策をしようと話したのだ。

他の宿の宿泊者でも入れる外湯の場所を確認したり、点在している土産物店を覗いたりする。

温泉街の外れには、地元の人が利用するらしい小さなスーパーがあり、そこにも寄ってみた。こういう、地元の生活が垣間見られるような場所が、私はけっこう好きだ。

と話すと、昴士くんはうんうんとうなずいてくれた。

「ああ、その気持ちわかる」

「そう？」

「うん。俺もわりと好き」

そんなふうに昴士くんが同意してくれたので、なんだか嬉しく感じた。

「ところでさ、そろそろ、今の呼び方やめない？」

「呼び方？」

唐突な話題転換がピンと来ず、首を傾げる。

「昴士くん、ていうの」

言われて、理解は追いついたけれど、口ごもってしまう。

「——どうすればいいの？」

「呼び捨てでいいんだけど」

「……それは、まだちょっと」

「わかった、じゃあそのうちな」

そんなやり取りも、散策の間にあった。ようやく「昂士くん」という呼びに慣れてきたところだし、呼び捨てに変えるというのはやっぱりハードルが高い。

……それに、そこまで近しい呼び方をしてしまったら、別れる時にもっと辛くなってしまいそうだ。

薄暗くなってきた頃合いで、旅館に戻る。

館内はやはり、とても静かだった。おそらく厨房《ちゅうぼう》で調理をしているであろう、人の声がかすかに聞こえてくる程度だ。

「ずいぶん静かだね。他にお客さん、いないのかな」

「ああ、今日は貸し切りだから」


——なんですって？


言われたことが瞬時には脳内咀嚼《そしゃく》できない。

「は？」

思わず間抜けな声で問い返した私に、彼は口の端を上げた。

「その方が静かで落ち着くだろ」

何でもないことのように返されたけれど、私は、ポカンとせずにはいられなかった。

こんな、大きくはないにせよそれなりに立派な旅館を貸し切り、って……いったいいくらかかるものなの？

「そ、そんなの聞いてない……」

呆然としたままの口調で言うと、昂士くんは笑みを深めて説明する。

「ごめん、サプライズしたかったんだよ。昨日、誕生日だったろ」

「……だ、だからって」

「金のことなら気にしなくていい。無理はしてないから」

安心させるように力強く彼は言ったが、私はとうてい安心できなかった。お金の出所も気にはなるけど、予想以上に大仰なことをされた驚きと、恐縮の気持ちが抑えられない。

無理はしてない、なんて言ったがそれは昂士くんの金銭感覚における「無理」であって、きっと、私たち一般人の感覚とは桁《けた》がひとつかふたつ違う。

契約上の妻でしかない私に、誕生日祝いとはいえ、旅館貸し切りのサプライズだなんて——彼は何を考えているのだろう。

……もしかしたら、一年の間に、少しでも贅沢な気分を味わわせてあげようという思惑なのだろうか。手を出さないという約束を反故《ほご》にした、お詫びの気持ちか何かで。

我ながらいい結論に達した。

そうだ、きっとそうに違いない。

そんなふうに私は、自分を無理やり納得させた。

でなければ理解できない。彼が私に、こんなことをしてくれる理由が。

戻って三十分ほどしてから部屋に運ばれてきた夕食は、予想通りというか、とても豪華だった。

お造《つく》りの船盛り、石板で焼くステーキ、サラダから果物に至るまでが、二人では食べきれないほどの量で次から次へとテーブルに載せられる。

さらに、食後は高級ワインと有名パティスリーのケーキまで出てきた。これらは昂士くんが持ち込んで、厨房《ちゅうぼう》に預けていたらしい。どうりで行きの荷物がなんだか多かったわけだ。

「一日遅れだけど、誕生日おめでとう。三十歳の佐奈子に乾杯」

「……ありがとう」

ここまでされると、なんだか逆に、気が抜ける。

満足そうに笑っている昂士くんを見ていたら、これだけの大仰な仕掛けも「まあいいか」と思えてきてしまった。

おかげでというか、食事とワインとケーキを、心ゆくまで堪能することができた。

◇

「……あ、だめっ、こんなとこで……っ、あ」

誰もいない露天風呂で、背中から抱きすくめられ、胸を愛撫《あいぶ》される。くにくにと乳首を弄られ、途端に子宮がきゅんと疼《うず》いた。

「あ、あん……だめ、っていって、あぁ」

我ながら弱々しい抗議の声は、昂士くんの熱いささやきに一蹴されてしまう。

「最近時間合わなかったろ。我慢してたんだ――だから触らせて、最後まではしないから」

「ふ、ぁ、……あぁっ」

言われた通り、このところ二人とも仕事が忙しくて、どちらかの帰りが深夜近くなることもしばしばだった。それはそれで充実していたけれど、昂士くんとの接触がほとんどなくて、寂しく感じていたのも事実だ。

だからなのだろうか、これまで以上に、彼の愛撫《あいぶ》に感じてしまっている気がする。

――ここは、露天風呂だ。当然だけれど、いつものように避妊具が用意されている状況じゃない。

最後まではしないとはいえ拒まなきゃいけないと理性では思いつつも、与えられる快感の強さに、その思いが押し流されそうになる。

「は、あぁ……あ、あっ」

お湯の中で昂士くんの手が、私の秘所に触れた。くちゅり、とどろどろに潤ったソコに、長く太い指が入り込んでくる。同時に花芽《かが》も攻められて、私は激しく悶《もだ》えた。

「あぁんっ！　あ、やぁ、いっしょダメ、あんっ」

指で蜜壺《みつつぼ》を掻き回され、花芽《かが》をしごかれるたび、新たな蜜が奥からあふれてくるのがわかる。気持ちよすぎて、声も、彼にこのまま抱かれたい、結ばれたいという思いも、抑えきれない。

なけなしの理性で、頭の中で計算した。

こないだ、生理が来たのいつだっけ……先週？　先々週？

けれど愛撫《あいぶ》を受け続けていると、それすらももはや曖昧《あいまい》だ。

一度ぐらい、たまには、避妊具なしでもいいんじゃないか。そんな感情まで湧いてくる。

後から考えるとなんて適当なんだと思うけれど、その時はもう『昂士くんに気持ちよくされたい、一緒に気持ちよくなりたい』というただひとつの願いで、頭がいっぱいになっていた。

腰をそろりと撫でられ、「分かってたけど、お預けはキツイな」と耳元でささやかれる。

「うん……いいよ」

気づけばそう、言ってしまっていた。

はあっと、熱い吐息が首筋にかけられる。本当に良いのかと目で訴えかけてくる昂士くんに、頷き返して、私も熱い吐息を零した。

お尻を持ち上げられて、とっくに起ち上がっていた彼のモノに、一気に貫かれた。

「あぁっ！」

いつもより深くに、屹立《きつりつ》の先が届いている気がする。子宮口が押し上げられる感覚が即座に快楽へと変換され、身体が小刻みに震え出す。

大好きな人の腕に抱きしめられ、ひとつになってしまったら、他のことはもう考えられない。

「佐奈子、すげえ気持ちイイ……動いていい？」

昴士くんの問いにも、ただただうなずくことしかできない。

ぱしゃぱしゃと湯を跳ね上げながら、身体を揺らされ始めた。太く熱い剛直で、ナカをまんべんなく擦られ、突き上げられる。

「あっ、あっ、あぁん」

「気持ちイイ？」

「ん、あ、きもちいい……あぁ、そこ」

「ココ？」

「あっ、やぁん、そこ、だめ」

「いいんだろ？　遠慮しなくていい」

身体の揺れが激しくなり、ずぷずぷと昴士くんが往復するナカが泡立ち、蜜をお湯にあふれさせる。

「あん、あぁ、あぁ……あ、あっ、だめ、もうクル、くる」

「いいよ、そのままイッて。……俺もイキそう、佐奈子、ナカ気持ちよすぎ……っ」

「あぁ、あぁっイク――あぁぁっ！」

絶頂を迎えた身体が、ぐっとしなった後、たくましい腕の中でくたりと脱力する。直後、ナカで膨張した屹立《きつりつ》が、熱い欲望を吐き出したのを感じた。

……その後、戻った部屋でも、繰り返し彼に求められた。

「やぁ、あ、んっ、もう限界――昂士、くん」

「っ、まだダメ。呼び捨てにして佐奈子、ほら」

「あ、ぁんっ、こうじ、昂士……っ、あぁぁ、またイッちゃうぅ！　……あん、あ、ダメぇぇ」

何度私が達しても、まだ足りないとばかりに、彼に翻弄《ほんろう》され続ける。

そうやって、されるがまま、激しく抱かれることに喜びを感じている私は、もう完全に彼の虜になっていた。

◇

山根沢大岳氏の新邸工事は、私たちが旅行から戻った週に始まった。

監修を入れたために、当初の予定よりは一週間遅れてしまったのだけれど、幸いにも永森さんの設計案に大きなケチは付けられなかったので、皆がほっとした。

　基礎工事が進む中、毎日様子を見に行く永森さんに付いて、私と平川さんが一日交替で現場に行っている。今日は私の当番だ。

　行くと当然ながら、チェックのために野々原先生も来ている。勉強のために同行させたはずの中邑さんは、なぜか今日は来ていなかった。

「永森くん、穐本くんおはよう」

「おはようございます。……あの、アシスタントの女性は？」

　私が思い浮かべていた疑問をぶつけた永森さんを、先生は「ああ」と意味ありげな笑みとともに見やった。

「慣れない出張のせいか、熱を出してしまってね。ホテルで休ませているよ」

「そうですか。お大事にとお伝えください」

　と受けた永森さんは、隣の私にちらりと視線を送る。「本当だと思う？」と言いたげだ。

　永森さんの目線に気づいた先生も、私をじっと見つめた。こちらは「余計なことを言ってないだろうね」という恫喝《どうかつ》のこもった目つきで。

　反射的に、背筋がぶるりと震えた。

　……まったく、心臓によろしくない状況である。

　現場を見に来るのは好きなのに、今回に限っては、来るたびに異常に疲れてしまう。そのせいなのか、このところあまり食欲がなかった。

◇

月日はさらに経ち、二月下旬のある日。

その朝、家には私ひとりだった。昂士くんは昨日から九州へ出張に行っていて不在だ。

——ここ半月ぐらいずっと、寝覚めが良くない。熟睡した気がしないのだ。

昂士くんとの行為があった夜は睡眠時間自体が短いから、そのせいなのかと思っていたけれど、昨夜は彼がいなくて早めに寝入ったから充分眠っているはず。

それなのに。

……先生と、中邑さんが現場にいることで、やたらと気疲れしているからかな。

うん、きっとそうだ。そうに違いない。

こちらに来た頃は適度な距離感を保っていた二人は、近頃では、密着しかねないほどに物理的な距離が近い。さらには、中邑さんが工務店の職人さんと少しでも話していると、先生はやや度が過ぎるくらいに機嫌を悪くしていたりもする。

山根沢氏が現場に来ている時はさすがに遠慮しているようだけれど、それ以外の時はかなりあからさまだから、棟梁《とうりょう》や職人さんたちには気づかれてしまっているんじゃないだろうか。そんな気がしてならない。

なんだか、そろそろ本当に一波乱起きそうで、不安だ。

このプロジェクトがもし失敗したら、事務所の評判は確実に悪くなる。

うちの不始末が理由ならまだしも、先生たちの振る舞いが悪影響を及ぼしたりしたら、目も当てられない。かろうじて監修の仕事はこなしてくれているようだけれど、今後もそうだとは限らない。

頭が痛すぎる状況だ——と考えながら身支度をしていると、喉元に吐き気が込み上げてきた。

あまりの急激な勢いに、急いでお手洗いに駆け込む。何とか間に合ったが、原因に心当たりがなくて戸惑った——だがふと、あることに気づく。

……この前、生理って、いつ来たんだったたっけ？

第五章　契約破棄、そして新たな約束

二月の空の下は、晴れていてもやはり寒い。私はコートの前をかき合わせ、こっそりと、お腹に貼ってあるカイロの位置を服の上からなでた。

はあ、と思わずため息をついてしまい、首を振って雑念を振り払う。

ここは仕事の場、建築現場だ。余計なことを考えていてはいけない。

とはいえ、ある意味、仕事以外のことを気にせざるを得ない状況ではあった。

不本意極まりないけれど。

「浮かない顔しているね、どうかした？」

「え、あ……すみません。この頃よく眠れなくて」

隣に立っている平川さんに尋ねられ、そう言い訳した。

後ろめたい気持ちはあったけれど、嘘ではない——言っていないことがあるだけ。そう自分にも言い訳をする。

もしかして「あれ」のせいかい、と小声で言って、平川さんは前方に立つ二人を指差す。言うまでもなく、野々原先生と中邑さんである。ギリギリの距離を空けてはいるけれど、二人が話す姿は上司と部下の仲の良さとは違う、独特の雰囲気を醸《かも》し出していた。

それが周りには筒抜けであることを、おそらく当の二人だけが気づいていない。

「ええ、まあ……」

それも懸念《けねん》事項には違いないので、私は素直にうなずく。

「やっぱあの二人、そうなのかな」

「たぶん」

「あー……なんか胃が痛くなってきた」

「わかります」

「二人とも、静かに」

右横にいた永森さんにたしなめられる。

小声とはいえ私語には違いないので、そろって「すみません」と謝った。

今は、山根沢邸の棟上《むねあ》げ式《しき》が始まろうとしているところだ。

広いのと施主《せしゅ》こだわりの特別仕様のため、通常より基礎工事に日にちが費やされたが、ようやく棟上《むねあ》げ式《しき》のできる状態になった。

だから当然、今日は山根沢氏も来ているというのに、先生と中邑さんの態度は、監修に入った当初よりもさらに遠慮がなくなってきている。

中邑さんはともかく、先生は、氏の結婚にまつわる事情ぐらい知っているはずなのに。

山根沢氏に伝わらないよう、あの二人がもっと配慮《はいりょ》すべきなのに、なぜ私たちが胃の痛む思いをしなければならないのだろうか。このままでは本当に胃炎にでもなりそうだ。

そうでなくても、今は胸につかえることのある状況なのに。

カイロを貼ったお腹をまたこっそりさすりつつ、棟上《むねあ》げ式《しき》をどうにか乗り切る。

式が終わったのは日も傾きかけた頃で、山根沢氏や先生たちが「明日からもよろしく」と言って引き揚げていく。ようやく、ほーっと肩の力を抜いて息をついた。

永森さんと平川さんも顔を見合わせて、「お疲れさまです」と重々しく言う。

ちなみに六旗さんは、今日は留守番で事務所に残っているので、この場にはいなかった。

「ご苦労だったね、二人とも。今日は早く上がるかい？」

「あ、俺は他の件の見積もりがあるんで、事務所に戻ります」

「穐本さんはどうする？」

昂士くんの出張は明日までだ。だから今日は駅に迎えには来ない。

……その意味では、ちょうど良いタイミングでは、ある。

「えーと、じゃあ今日は上がります。よろしければ近い駅まで送っていただけますか？」

了解、と永森さんが受けてくれ、手近な駅まで車で送ってくれた。

車が去っていった後、駅前にあったドラッグストアに飛び込み、ある商品を人生で初めて購入する。

電車を乗り継ぎ、マンションの部屋に着くまで、気が気でなかった。

そして、帰ってすぐにお手洗いに駆け込み、必要な手順を踏んで待つこと、数分。


——妊娠検査薬の結果は、はっきりと「陽性」を示していた。


もちろん、検査薬の結果は百パーセントのものではない。

けれどかなり精度は高いはずだ。パッケージに書いてある「九十九・九％」が本当かどうかはわからないけれど、九割ぐらいの確率では正確なのだろうと思う。

それに、心当たりもある——温泉に行った一ヵ月ちょっと前の旅行で、露天風呂に入った時。あの時は場所が場所だったから、避妊をしていなかった。

その後の部屋でのセックスはどうだっただろうか。ひどく疲れて頭がぼんやりしていたから、記憶が定かではないけれど。

加えて、疲れや心労のせいだと思っていた最近の体調不良を考え合わせると、なんだかもう間違いないような気がしてくる。

「……どうしよう」

動揺と不安に襲われてつぶやくと、そのタイミングで、玄関ドアの開く音がした。

便器に座ったまま、文字通り私は跳び上がる。

「ただいまー。……佐奈子、まだ帰ってない？」

「お、お帰りなさい。帰り明日じゃなかったの？」

トイレから慌てて出ると、昂士くんが玄関を上がってくるところだった。

「仕事が意外と早く終わったんだ。――体調悪いのか？」

「え、な、なんで？」

「顔色が青い」

「……そ、そう？」

さりげなくトイレのドアを閉めたことを怪しまれませんように、と祈っていた。慌てたあまりに、まだ、使った検査薬の棒をサニタリーボックスに入れていない。

「自覚ないのか？　倒れそうだぞ。……熱、ちょっとあるな」

額に手を当てた昂士くんは言うが早いか、私を抱き上げて、歩き出した。

「ひゃっ！」

驚きのあまり変な声が出た私を、彼は歩きながら気遣わしげに見つめてくる。

「晩飯は俺が作るから、それまで寝てたらいい。気分悪いとかはない？」

「……だ、いじょうぶ」

本当はちょっと胸焼けみたいな心地がするけど、正直に言うと勘繰《かんぐ》られそうだと思って言わなかった。幸い昂士くんは疑わなかったようで「そうか」と受けた。

「でも消化が良いものの方がいいだろうな。玉子うどんとか食べられそうか」

「う、うん」

会話しながら、私が寝室にしている部屋に運ばれて、ベッドに寝かされる。

ちゃんと寝てろよ、と念を押すように言われ、額に口づけを落とされた。柔らかく温かい感触が当たったところが、気のせいか熱を持つ。

彼が部屋を出ていった途端、じわっと涙が浮かんでくる。

「どうしよう」ともう一度つぶやいた。

こんなことは予想も覚悟もしていなかった。

そもそも、子供は作らないから男女の関係にならない、というのが最初の契約条件だったのだ。

思いがけずこんな関係に至ってしまっているけれど、だからって子供ができてもいいなんてことは、彼は考えていないはず。なんといっても一年限りで別れる前提なのだから。

……本当に、どうしたらいいんだろう。

このことを打ち明けて、もし「堕ろせ」と言われたら私は――

そこまで考えて、自分の望みにやっと気づいた。

私は、堕ろしたくないと思っているんだ。昂士くんとの子供を。

産みたい。ちゃんと産んで、彼と一緒に育てたい。

自分の望んでいることがはっきりわかって――さらに困惑が深まってしまった。

これほどまでに、彼を愛してしまっている事実を、自分でも怖いぐらいに感じていた。

◇

タクシーに乗っている間中、ため息が止まらなかった。

検査薬を使った翌日、出勤を少し遅らせて、病院に行ってきたのだ。

言うまでもなく産婦人科に。

『心音はまだ確認できませんが、おそらく七週目ですね』

ベテランの風格を漂わせる年配の女医さんは、内視鏡検査の後で私にそう告げた。

渡された写真には、豆粒のような形で、小さくもはっきりとその存在——赤ちゃんが写っていた。

実感はすぐには湧かない。けれど、私の身体の中には確かに、別の命があるんだ……視線を落として、今はまだぺたんこのお腹を見やった。

『来週またいらしてください。その頃には確認できると思いますよ』

緊張で言葉少なになっている私に、女医さんは安心させるように言った。心音が確認できないことを不安がっている、と思われたのかもしれない。

『……そう、ですか』

『初産かしら』

『は、はい』

『不安があったら遠慮しないでいつでもいらっしゃい。とりあえず、受付で来週の予約を取っていってね』

先ほどまでとは違う母親のような口調に、なんだか、胸に沁《し》みる優しさを感じた。

マンションから一番近くにある、という点で選んで来てみた病院だけど、この女医さんなら信頼できそうだ。

『ありがとうございます』

言われた通り、受付にある機械で来週の予約を取った。

会計を済ませて建物を出てから、新たな葛藤《かっとう》に襲われた。

やっぱり彼に言わなきゃいけないよね、という思いと――もし堕胎《だたい》を望まれたら怖い、という思いが、胸のうちで幾重にも交錯している。

私たちが普通の結婚をした夫婦だったら、彼はきっと、子供のことも喜んでくれると思う。

けれどこの結婚は、一年限定の契約。

おそらく……いやきっと、困った顔をするに違いない。欲望に負けて約束を破ったことを、さぞかし後悔するのではないか。

あるいは、妊娠させた責任を取って、結婚を続けようと言うだろうか？

……どちらの反応も、嫌だ。

困った顔をされるのも、責任を感じて契約延長を口にされるのも。

こんな事態を招かないために、最初にちゃんと条件を決めたはずだったのに。

たとえ昴士くんにどれほど迫られようと、私があの夜、約束を盾《たて》にきっぱりと拒絶するべきだったのだ。けれどそうしなかった。彼に抱かれたい、という想いに負けてしまった。

だから今回の責任があるのは、私の方だ。昴士くんは悪くない。


——近々、出ていこう。唐突にそう、心に決める。


これ以上、昴士くんと一緒に暮らすことはできない。

叶わない想いがつのるばかりだし、妊娠も隠すのは限界がある。

あと何ヶ月かでお腹が出てくるに違いないし、そこに至るより前に、不調なのに病院へ行かない、薬を飲まないことで気づかれる恐れがある。

そうなる前に、彼の前から姿を消さなくては。

前に勤めていた東京の事務所は、お給料はそこそこ良かったから、勉強を続けながらでも多少の貯金はできた。退職後から今に至るまで、それにはまったく手を付けていない。

引っ越して、出産準備をするぐらいはおそらく賄えるだろう。

となれば、一人暮らしをするための部屋探しをしないと。幸い今は、広範囲の物件がスマートフォンアプリで探せる。条件を登録しておけば新着物件の通知も来るから、仕事の合間を使って見繕うことは可能だろう。

……今の仕事をどうするかは、おいおい考えることにして。

とりあえずは少しずつ、家にある荷物をまとめていかないと。昂士くんに気づかれないように。

あれこれ考えているうちに、タクシーが山根沢邸の現場近くに着いた。領収証をもらって降車する。

現場では今、屋根を張る工事が進められていた。

職人さんの姿はあるが、必ずいるはずの永森さんや、野々原先生たちが誰一人いない。

もしかして時間を間違えたかな、とスマートフォンを見ると、電源が入っていない状態だった。病院の出入口で切ったまま、入れ直し損ねていたのだ。

慌てて起動させると、着信履歴が五件あるという通知。いずれも永森さんからである。

異常を察して、すぐさま折り返しかけ直す。コール一回で聞こえてきたのは、永森さんの半ば悲鳴のような声だった。

『穐本さん、今いったいどこにいるの⁉』

「すみません、山根沢邸の現場に直接……所長こそ、今どこにいらっしゃるんですか」

『緊急事態だから、とにかく事務所に来て！』

「わ、わかりました」

急いで大通りを探し、もう一度タクシーを拾った。事務所に駆けつけると、一様に焦った表情の三人に出迎えられる。

「いったいどうしたんですか？」

「今朝、先生とあの子の関係が山根沢さんにバレたんだよ」

「……えっ⁉」

「それで、氏がおかんむりでね。大変だったんだ」

永森さんの説明によると、経緯は次の通りだった。

野々原先生が監修に入ってから、週に一回は永森さんと先生、山根沢氏が顔を揃えての会議が行われることになっていた。今日はその日だったのだけれど、時間になっても先生が現れなかったという。

そこで山根沢氏が直々に、先生たちの宿泊するホテルに様子を見に行った。ところが先生の部屋を何度ノックしても、電話しても応答がない。ホテル側に事情を説明して扉を開けたところ、部屋のベッドで先生と中邑さんが、何も身に着けずに抱き合って眠っていた。

それを目の当たりにして激怒した山根沢氏は、二人を叩き起こし、すぐさま部屋から追い出した。

「君とはこれ限り縁切りだ」ときつく言い渡して。

先生たちは這々《ほうほう》の体で、荷物をまとめて東京に戻っていったそうだ。

私がいない間にそれだけのことが起きていたのか。

永森さんは、山根沢氏に同行して先生たちの様子を見に行ったらしい。

ということは、二度目の不倫《ふりん》現場目撃となったわけだ。全然嬉しくはなかっただろうし、むしろ修羅場《しゅらば》に巻き込まれて気の毒だったと言うほかない。

「……それは、大変でしたね」

「ほんと大変だったよ。山根沢さんは『この野郎、とんでもない奴だ。尚美《なおみ》を裏切った報いは必ず受けてもらうぞ』とか叫ぶし、先生は真っ青だったしアシスタントの子は真っ赤になって泣きわめくし。心底いたたまれなかったな、あれは」

「でしょうね……ところで、尚美って確か先生の」

「そう、奥さん。山根沢氏の従妹《いとこ》らしいんだ。妹同然の尚美を紹介してやったのによくも、とか言ってたよ」

まいった、と顔に大きく書いた疲れ切った表情で、永森さんが大きなため息をつく。

平川さんと六旗さんも、同じレベルでぐったりした顔をしていた。

「──それで、どうなるんですか、これから」

「先生の監修は外されるだろうな。新しい監修の人が入るかどうかはわからない」

「工事の継続は？」

「それについては、頭を冷やしてから決めると言われた」

「そんな──もし中止になんてなったら」

「ならないことを祈るしかないな。ともかく明日にでも山根沢さんに連絡して、不出来な師匠に代わってもう一度謝罪するよ」

疲れた声で、永森さんはこの話をそう締めくくる。

うちの事務所には責任のない話なのに、もし連帯責任を問われるとかいった事態になったら……うちの評価は地に落ちてしまう。この業界は広いようで狭いから、噂が広まれば、事務所の存続自体危うくなってしまうだろう。

今、すべての成り行きは、山根沢氏の胸先三寸なのだ。

氏が冷静に判断してくれることを祈るしかなかった。

◇

――それから、約二週間が経った。

いろいろあって混乱していたけれど、どうにか収束してくれて心からほっとした。ひとつずつ順を追って話していくと、以下のような次第になる。

まず、山根沢邸のプロジェクトの件。

野々原先生たちの件が発覚した翌日、永森さんが朝イチで連絡すると、氏は前日とは打って変わって冷静な様子だったという。

それどころか、こちらに迷惑をかけたことを謝ってきたそうだ。

『長い付き合いだったんだが、あんな奴だとは思わなかった。申し訳なかったね』と。

そして新居の工事については、もちろん継続してくれてかまわないとのことで、事務所全員が胸を撫でおろした。今は外装工事が順調に進められている。このまま特にトラブルが起こらなければ、夏前には完成するだろう。

次に、野々原先生と中邑さんについて。

東京へ戻った二人は、駅で待ち構えていた先生の奥さんに遭遇《そうぐう》したという。女の勘とでもいうのか、奥さんも夫と部下の関係に以前から気づいていたらしい。

すでに弁護士を雇っていた奥さんに離婚裁判を起こされ、現在、調停中とのこと。

さらには、中邑さんの父親である国会議員の先生にも知られてしまったという。そちらからは『娘を傷物にした』と責められ、多額の慰謝料を請求されているそうだ。その点については『彼女から誘われた』と先生は反論しているようだけれど。

そういった話が、前の事務所の元同僚や他所の同業者などから、聞くともなしに伝わってきた。

本当に、この業界は広いようで狭いのだ。

……そして、私が抱えている、例の問題については。

◇

その話は今から数日さかのぼって、騒動から十日ほど経過した夜のこと。

仕事からマンションの部屋に帰ると、珍しく、昂士くんが先に帰宅していた。

「おかえり。お疲れさん」

「あ、ただいま。早かったのね」

「店舗回りから直帰だったから。仕事はどうだった？」

「……山根沢邸なら順調よ。今日も施主《せしゅ》が現場に来てたわ、完成が楽しみだって」

「そうか、よかったな」

彼は先生と中邑さんの関係を知っているし、二人のことがバレた時の騒動なども、その時々で話をしてきた。だからなのか、最近は私の仕事について、今日はどうだったかと毎日尋ねてくる。

聞かれるのは嫌ではなかった。

むしろ、私を気にかけてくれていると思えて、嬉しかった。

――けれど、彼に隠し事をしている身としては喜んでばかりもいられない。

私のお腹には間違いなく、小さな命が宿っているのだ。

産婦人科での二回目の診察では、心音の確認もされた。

いつまでもこんなふうに、何も起きていないように生活していくわけにはいかない。そろそろ、ここを出る準備を進めていかないと。

そうは思っても、私は毎日、この部屋で暮らす心地良さに負けていた。

より正確に言うならば、彼と一緒に暮らす嬉しさ、幸福感に。

思わず出てしまったため息に、耳ざとく彼は気づいたようだ。

「佐奈子」

そう私を呼ばわった声は、妙に張りつめて聞こえた。

「なに？」

振り返ると、彼がじっと私を見ている。たじろぐぐらいにまっすぐな視線で。

「仕事の騒動は、もう解決してるんだよな？」

「……そう、だけど」

「例の先生も東京に戻ったし」

「うん……」

昴士くんが、歯切れの悪い私に向かって二歩、前に踏み出す。

そして問うた。

「なら、なんでまだそんなに、元気のない顔してるんだ？」

的確な指摘に、思わずびくりと肩を震わせてしまう。

反射的に伏せてしまった顔を、彼の手に挟まれて上げさせられる。

見上げた彼の目に、心を射抜かれるような痛みを胸に感じた。嘘も言い訳も許さない。そう言われているようにも見えた。

「……元気のない顔なんか、してないわよ」

「してる」

それでも口から出てしまったごまかしの言葉を、ぴしゃりとはねつけられる。

頬を挟む手の力は、強いわけではない。あくまでも添えられているだけだ。けれど私の顔も口も、手も足もその他の部位も、固まってしまって動かない。

苦しいほどの切なさで、身体中が満たされてしまっている。

「他に、悩んでることがあるんだろ。どうなんだ」

「………、そ、んなことは」

ない、と言うより先に、彼の問いが被さってくる。

「俺に言えないようなことなのか」

「――――」

言えない。絶対に言うわけにはいかない。

そう思い定めて唇を噛み、震わせていると。

「……妊娠したから、そんなに悩んでるのか」

低い声での確認に、比喩《ひゆ》でなく、私の呼吸は数秒止まった。

きっと青ざめたであろう私を見て、昂士くんは確信したように小さくうなずく。

「やっぱり、そうなんだな」

「………どうして」

どうしてわかったの。

口にしながら、意味のない問いだと思った。

バレるなら、あの時しかなかったはず。

「トイレに置きっぱなしにしてたやつ、調べたから」

ああ――やっぱり。

私が絶望した心境になっていると、ふいに、昂士くんの目の光がやわらいだ。

先ほどまでの鋭さから一転して、なんだか泣きそうに揺れている。

「ごめん、俺のせいだな」

「――え？」

「俺が、最初にあんなこと言ったから」

あんなこと、とは契約の際の条件説明だろう。

『離婚前提だから……もし何かあったら別れるわけにいかなくなるし』

「だから言えなかったんだろ？」

その通りだったから、私は素直にうなずいた。

すると彼は、私の顔に添えていた手を離して、リビングを駆け足で出ていく。突然の行動に驚いて追いかけると、彼は自分の寝室で机に向かっていた。どうやら何かを書いているようだ。

しばらくして立ち上がり、振り向いた彼は、手に持った紙を私に差し出した。

最初の「契約書」のように、手帳のメモ欄をちぎり取ったらしいそれには、こう書かれていた。


【追記】

【もし契約条件を破り、妊娠の状態が発生した場合は、妻側の希望に沿うこととする】


妻側の、希望……？

「これ、って」

「先に約束を破ったのは俺だから。だから佐奈子の好きなようにしてくれ。どうしても佐奈子に負担をかけてしまうものだから、決める権利は佐奈子にあると思う。別れたいなら、今すぐ別れてかまわない。子供を産んで育てるなら、認知と養育費《よういくひ》の支払いは充分にする」

彼が示した選択肢の中に「子供を一緒に育てる」は入っていなかった。

……やっぱり、彼にとっては予定外で、望まないことなんだ。そう思い知らされた途端、身の内を満たしていた切なさが、涙になってあふれた。

こみ上げてくる嗚咽《おえつ》が、口を押さえても止めきれない。

私の様子に昂士くんは目を見張り、次いで強く引き寄せた。

抱きしめられたと気づいてもがくけれど、彼はまったく腕の力を緩めない。

「ごめん」と、絞り出すような声が耳元で聞こえる。

「こんなこと、予想してなかったもんな。嫌で当然だよな——全部俺のせいだ。すまない」

昂士くんが何を言おうとしているのかわからない。この事態を予想していなくて嫌だと思っているのは、むしろ彼の方ではないのか。

「旅行の時、佐奈子が、妊娠すればいいって思ったんだよ」

「…………え、え？」

「生理のサイクル知ってたから、あの夜避妊せずにしたら、子供ができるかもしれないってわかってた。わかってたのに、佐奈子がいいよって言ってくれたのに甘えて着けなかった。佐奈子に妊娠してもらいたくて」

……どういうこと？

「そうしたら、佐奈子を手放さないでいられると思って——別れずにいられるんじゃないかって、バカな期待したんだ。佐奈子も同じ思いでいるんじゃないかって、いいように考えて」

別れずにいられることを、期待？

それって、つまり――

「佐奈子と、別れたくない。このまま夫婦でいたい。そう思ってあの夜、佐奈子を抱いた。……浅はかで、最低だったよな。本当にごめん」

彼の告白は、最初から最後まで苦しそうな声だった。

それは、私が契約通りに、一年経ったら別れるつもりでいると考えているから。子供ができたことを私が疎んじている、そう思っているから。

私も昴士くんも、お互いにずっと、同じように思いこんでいたんだ。

だからそれぞれの想いに気づかなかった。

「……う」

「え」

「違う、そうじゃ、ないの」

涙がまだ喉に残っていて、声が変になっている。

それでも私は、懸命に言葉をしぼり出した。

「私、あの時、嫌じゃなかったから……あのまま昴士くんに抱かれるの、嫌じゃなかった。むしろ、そのままにしてほしかったの。だからいいよって言ったの。もし、万が一、できてもかまわないって……それぐらい、あの時はしてほしいって思ってた」

なんだか、表現が拙くて、語彙《ごい》にもバリエーションがない。けれど正直な想いを口にすると、こんなふうにしか今は表せない。

「まさか、本当にできるとまでは思ってなかったけど……でも、そうなっても全然嫌じゃないの。不安とかはあるけど、産みたいって思う。私の……昂士くんの子供だから、ちゃんと産みたい」

身体が、ぱっと離された。正確に言えば、抱きしめていた腕が解かれて、昂士くんの両手が私の肩に添えられる形になった。

「……佐奈子、それって」

俺が好きってこと？　とかすれた声で尋ねられる。

私は、即座にうなずいた。

一瞬の間の後、さっきよりも強い、けれど温かな力で抱きしめられる。

「ありがとう」

耳に落ちてきたのは、心の底からの安堵《あんど》に満ちた、胸に沁み入るような声。

そして。

「俺も、好きだよ。佐奈子を愛してる」

言われた瞬間、心の奥からぶわっと、身体中に喜びがあふれる。

本当に好きな人に想ってもらえるのって、こんなに嬉しいことなんだ。

今まで知らなかった。

そう考えて、ふと、気になる点が頭をもたげた。

「――だけど、どうして?」

「え?」

「どうして昴士くんは、私を好きなの?」

「……そんなこと、今さらわざわざ聞く?」

「聞きたいの。そんなこと、……前は匂わせたこともなかったでしょ? だから知りたい」

彼の肩に顔を埋めたまま尋ねると、身体がふたたび離れる。

眉の濃い端正な顔が、困ったような笑みを浮かべて、頭を掻《か》いていた。

頬に差す赤みに気づいてやっと、それが照れ笑いなのだとわかる。

「――まあ、たぶん気づいてないだろうとは思ってたけど。俺はずっと、佐奈子が好きだったんだよ。中学の時から」

「……え、ええ?」

中学の時? って、そんな昔からの話?

「中二の時同じクラスだっただろ。高井さんのこと、覚えてる?」

「覚えてる……けど」

高井さんとは、私たちと同じクラスだった女子の名前。名前は美鈴といったはず。

すごくおとなしい子だったけど、絵が県のコンクールで大賞を取ったことをきっかけに一部の生徒からのいじめの対象になってしまったのだ。

「高井さんをいじめてたの、学校でも札付きの不良たちだったろ。みんな怖がって、誰も助けなかった。そんな中で、佐奈子が率先して高井さんをかばってて」

彼の言う通りだった。

同級生はいじめがどんどん酷くなっていく様子を全部見ていながら、誰ひとり止めようとしなかった。相手は確かに校内で有名な不良男子女子のグループだったけど、同じ女子としてクラス委員として、とても見過ごせなかった。

だからなるべく一緒に行動するようにしたり、相手が高井さんをからかっている時には割って入ったりしたのだ。

「あの頃の佐奈子、すげえカッコいいって思ってた」

「……そんなの、当たり前のことじゃない。高井さんは何も悪いことしてなかったんだし」

「でも誰も、同じことはできてなかっただろ。俺もあいつらに関わりたくなくて、何もしなかった。そんな自分が、佐奈子の行動を見てたら情けなくなったんだ」

「それで、あの時……助けてくれたの？」

昂士くんは「そう」とうなずいた。

ある日、不良グループのリーダー格だった男子に直接文句を言ったら『クラス委員だからって調子に乗るんじゃねえよ』と恫喝《どうかつ》されたのだ。中学生とは思えない迫力にとっさに二の句が継げずにいた時、輪の外にいた昂士くんが入ってきて、私たちをかばうように前に立ってくれた。

『調子に乗ってるのはおまえたちだろ。高井も穐本も、おまえたちに何も迷惑かけてないじゃないか』

昂士くんがそう言ったことで、クラスの雰囲気が変わった。誰もが遠巻きに見ていた状況から、高井さんを擁護《ようご》する方向に皆が行動して、それは担任やその上の先生にも伝わった。

最終的に不良グループはなりを潜めて、高井さんは絵のうまいクラスメイトとして人気者になったのである。

彼女とは高校進学で別々になったけど、成人式で会った時に『あの時はほんとにありがとう』という言葉と、美大で絵を頑張っているという話を聞いた。

そして今では、新進気鋭《しんしんきえい》の風景画家として依頼が殺到し、展覧会でも毎回評判が良いらしい。

中学の同窓会でそんな噂を耳にした後、実家に個展の案内が送られてきたので、一度観に行ったことがある。おとなしかった高井さんからは想像できないような、大胆さのある、それでいて繊細な画風に引き込まれたものだった。

「あの時から、佐奈子のことが好きだった。大学とかで他の女と付き合ったりもしたけど――佐奈子を忘れたことはたぶんなかった。だからかな、フラれるのはいつも、俺の方だった」

苦笑いする彼の告白が、信じられない思いだった。

そんなに前から、私のことを……？

高校までは同じ学校で、中二以降にも同じクラスになったことはあるのに、まったく気づかなかった――いや、そういえば。

『ああ、そういや樹山って――うん、なるほど。納得した』

二回目に真結と会った時、彼女はそんな、思わせぶりな言葉を口にしていた。

ひょっとしたら、周りには意外と、昂士くんの気持ちは気づかれていたのかもしれない。真結があんなふうに何かを思い出すぐらいには。

気づいていなかったのはそれこそ、当事者の私ばかりなり、だったのかも。

そう考えると、ちょっと照れくさい……どころではなく、正直、恥ずかしい。

なぜなら、昂士くんが言うようなカッコよさなんて私にはなかったから。

「……カッコよくなんか、なかったよ」

「佐奈子？」

思わず出た、私の自嘲《じちょう》のつぶやきに、昂士くんは首を傾げる。

口に出すのは勇気がいる。

でも言わなきゃ、という思いに押されて私は告白した。

「あの頃、私も……昂士くんのこと、たぶんちょっと好きだった」

「え」

「だから、いいところ見せたかったの。いじめを放っとけない気持ちはあったのは本当だけど、いじめてた人たちに対抗するの、ほんとは怖かった。けど、クラス委員の責任半分と、いいところ見せたい気持ち半分で、頑張ったの」

かなり恥をさらす思いで、昔のことを説明する。

浅はかだったのは、あの頃の私だ。

憧れていた人にいいところを見せたい、だなんて。

そんな自分を今になってさらけ出すのは、心底恥ずかしい。でも正直に言わないのは嘘をついているようで後ろめたい。カッコいいと思われていたのならばなおさらだ。

自分のずるさには、当時からたぶん気づいていた。

こんな私を、昂士くんが好きになってくれるはずがないと、心のどこかで思っていた。

だから、彼が向けてくれていた想いに、気づけなかったのかもしれない。

……もし気づいていたら、あるいはあの頃に告白されていたら、私はどうしていただろう。

最初は嬉しく思っても、彼から向けられる感情がまっすぐであればあるほど、いたたまれなくなったに違いない。いずれ、私から別れを告げることになっていただろう。

そう考えると、あの頃に気づかなかったのは、幸いだったのか――それとも、彼に失望される時期が、先に延びただけだろうか。

彼に、失望を肯定されるのが怖くて、自分から言ってしまう。

「がっかりしたでしょ？　しつこく想ってた女が、そんなずるい人間だったなんて」

昂士くんは答えない。

……やっぱり、相当がっかりしているんだろう。

当たり前だと自分に言い聞かせていると、ふたたび、彼の匂いが近くなった。

また抱きしめられているのがなぜだかわからず、戸惑う。

「俺だってずるい人間だよ。さっき言っただろ？」

私の背中に回した手に力を込めて、彼ははっきりした声で話す。

「佐奈子に離れていってほしくなくて、子供が出来たらいいななんて考えた。佐奈子の気持ちは考えないで。これ以上にずるい奴なんて、いないんじゃないか？」

「……昂士くん」

「だから、ずるい人間同士、お似合いなんじゃないかな。俺は佐奈子と離婚したくない。一年経っても、その先もずっと、夫婦でいたいと思ってる。もし、佐奈子もそう思ってくれてるなら——そばにいてくれ。俺の隣にいて、子供を産んで、一緒に育てていくって、そう言ってほしい」

低い、意志の強い声が、耳から頭に、心に響く。

彼の想いが、体温と一緒に全身に伝わっていく。


——ああ、私は、この人が好きだ。心から愛している。

だから、ずっと一緒にいたい。

彼の子供を産みたいし、二人で育てていきたい。

遠い昔に芽生えていた想いは、おそらくずっと、私の心の底に眠っていた。年月が経っても、他の男性と付き合っても、消えてはいなかった。

だからこそ、酔った勢いがあったとはいえ「結婚しようか」なんて口走ったのだろうし、この「契約結婚」をする気にもなったのだ。

いくら見合い話に困っていたとしても、異性として好きだと思わない相手に対して、そんな気にはならなかっただろう。

今はそう、確信を持って言える。

「佐奈子、答えは？」

「――私は」

声が震えるのを抑えつつ、抱きしめられたまま、答える。

「昴士くんの、隣にいたい。子供を産んで、一緒に育てたい……です」

「本当に？」

「はい」

ぎゅうっと、彼の腕にさらに力がこもる。

ありがとう、ともう一度ささやいた声は、涙が交ざっているように聞こえた。

◇

——あれから、一年半後。

控室《ひかえしつ》の扉がノックされ、スタッフの女性が開けると、入ってきた人物が私を呼ばわった。

「佐奈子、準備は——」

言いかけた言葉を途中で止めて、じーっとこちらを見ている。鏡越しに彼の視線を受け止めた私は、椅子に座ったまま慎重に振り返った。

「どうかした？」

「……いや、すごく綺麗だと思って」

彼の素直すぎる称賛に、途端に照れくさくなる。

室内にいるホテルスタッフさんやスタイリストさんは、微笑ましいと言いたげな柔らかい笑みを浮かべていた。それがまた、さらに照れくささをあおる。

なのでつい、少し憎まれ口を叩いてしまった。

「前撮りの時にも見たし、写真も何回も見たでしょ」

「それはそうだけど。何回見てもやっぱり綺麗だよ」

「……そういうこと、恥ずかしいからあんまりはっきり言わないで」

「今さら？」

控室《ひかえしつ》につかつかと入ってきた彼――昂士は、身体をかがめて、椅子に座る私に軽くキスをする。

想いが通じ合って以降、彼は二人きりの時だけでなく、他の人がいる場でも、こういう行動に関して遠慮をしなくなった。人目があるから、と苦言を呈《てい》しても「好き同士が愛情表現をして何が悪いんだ」という力技の理論で、封じ込められてしまう。

今だって、彼の満面の笑みを見ていると、同じように言われてしまう気がした。

特に今は、状況が状況でもある。

だからせめて、ちょっとだけ文句を言わせてもらうことにする。

「――もう、口紅取れちゃうじゃない」

「大丈夫だよ、ほら鏡見て」

「もう……」

「奈美子《なみこ》は？」

「シッターさんが見てくれてる。……あ、来たみたい」

再度ノックされた扉を開いて現れたのは、ベビーシッターとして週に数回お世話になっている女性と、ベビー用のピンクのドレスを着た赤ちゃん――私たちの可愛い、愛しい娘。

九ヶ月前に生まれた娘に「奈美子」と名付けたのは彼だった。私の名前から文字を使いたいという希望と、心の美しい子になるようにとの願いを込めて。

そんな娘は、支度のために私たちと一時間以上離れていたせいか、ぐずり始めている。

彼がシッターさんから娘を受け取り、抱き上げた。途端にぐずるのをやめ、親指を吸っておとなしくなる。若干人見知りの気がある娘は「お父さんの抱っこ」がとても好きであった。

三たび、扉が叩かれ、進行係である男性スタッフが顔を出した。

「そろそろ入場時間ですので、行きましょうか」

そう声をかけられ、私と彼は同時に「はい」と応じる。

廊下をしばらく歩いて、会場である大ホールの入口、両開きの扉の前に、彼と並んで立つ。娘を右腕に抱いた彼が、左側に立つ私を、決意のこもった目で見つめた。

「これからもよろしく、佐奈子」

小声で言われた言葉に、私はうなずきを返した。

「こちらこそ。奈美子も一緒にね、昴士」

「当たり前だろ」

彼の腕の中で、娘は興味深そうな目で私たちを見ていた。その柔らかな頬を彼がちょんとつつくと、娘は目を丸くし、きょとんとした顔になる。

その反応に二人そろって微笑み、扉に向き直った。

――これから私たちは、結婚披露宴《ひろうえん》の場に臨む。

新しい人生を三人で歩んでいく決意を、あらためて皆に報告するのだ。

妊娠が判明してから今日まで、忙しい日々だった。

特に、国内でも有名なホテルで披露宴《ひろうえん》を行うと決まってからは、とても慌ただしかった。

樹山家の親族や会社関係者を呼ぶことを考えれば盛大な式にせざるを得ないのはわかっていたけど、もともとはごく平均的な一般人、庶民にすぎない私からすると、宴の規模や出席者の顔ぶれなどに、どうしても臆する気持ちが湧いてしまっていた。

それをある時、彼に正直に言ったら『自分を卑下《ひげ》するなよ』と返された。

『庶民だとか育ちが違うとか、そんなこと考える必要ない。佐奈子はそのままで充分、魅力的なんだから』

少し怒ったような、かつ熱のこもった口調でそう言われて、過大評価されているんじゃないかなとも思ったけれど、同時に不思議と心が落ち着いた。

『うちの親も佐奈子を、俺の妻として認めてるんだから。誰にも文句なんか言わせない』

……そうだ、何を臆《おく》することがあるだろう。

私は彼の妻で、愛しい娘の母親で――それだけで充分、私にとっては価値のあること。たとえ、外野の人間に嫌われても、蔑《さげす》まれたとしても、自分が自分に誇れる生き方をしていれば、それでいいはず。

そんなふうに思えるようになってからは、披露宴《ひろうえん》の準備もそれなりに楽しむことができた。ちなみに挙式は、安定期に入ってから近しい身内だけで済ませていたのだ。


——大きな扉の向こうから、ざわめきが伝わってくる。

鼓動《こどう》が速まる心臓の位置を空いている左手で押さえた時、こめかみに触れるものがあった。

彼がまた、軽いキスを落としてきたのだ。

控室《ひかえしつ》の時は照れくさかったが、今は不思議とそうは感じなかった。

むしろ、鼓動《こどう》をなだめ、平常心をよみがえらせてくれる。

直後、入場のために選んだ音楽のイントロが響き渡った。

スタッフの男性二人が開いた扉から、ホールの照明が差し込む。

その光に包まれ、夫と娘とともに、新たな未来へと続く一歩を、私はゆっくりと踏み出した。

番外編　新婚夫婦の育児事情

第一章

檻の中にいる熊みたいな落ち着かない様子でしたよ、とは後から冗談交じりに言われたことで。自分でも思い返すとそんな感じだったと思ったが、その最中においてはもちろん、自分の行動や周囲の反応を気にしている余裕はなかった。

なにせ、妻の初めての出産。しかも陣痛《じんつう》が長引いているというのだ。

産院の、分娩室前《ぶんべんしつまえ》の椅子で待ちながら、気が気ではなかった。

扉の向こうからは慌ただしい気配と早口の指示、そして呻《うめ》く声が聞こえてくる。呻《うめ》き声は時々、悲鳴のような叫びにも変わる。

出産の痛みは、男には耐えきれないほどのものだと聞いたことがある。

そんな痛みと今、佐奈子は闘っているのだ。とても平静でいられるはずがない。座ってもすぐに立ち上がり、扉の前をうろうろと歩き回るといった流れを数えきれないほど繰り返した。

「樹山さん、お気持ちはわかりますが、落ち着いて」

そんな言葉を何度、助産師さんからかけられたことか。

はい、と生返事はするものの「落ち着く」気には到底なれず、同じ行動の繰り返し。仮に職場の、あるいは取引先の知り合いに見られたら、あまりの落ち着かなさに引かれるか失笑されるかするだろう。思い返すとこの時の俺はそれぐらい奇妙で、そして情けなかった。

――その時。


分娩室《ぶんべんしつ》の中で、大きな泣き声が響いた。

それが産声《うぶごえ》だとわかったのは、少し経って担当の助産師さんが出てきてから。

「おめでとうございます。とっても元気な女の子ですよ」

生まれた、と認識した途端、別の不安が胸を襲う。

「あ、あの。妻は」

「奥様も大丈夫ですよ。産後の処置や様子見のためにしばらくは分娩室《ぶんべんしつ》で過ごしますが、落ち着いたら病室に移動します」

そう言われてようやく、ほんの少しだけ安心できた。

「……どうも、ありがとうございます」

「ご主人も少し休憩なさってくださいね。お子さんの検査が終わったら、会われますか？」

「会えるんですか」

「ええ。消毒衣を着ていただいて、短い時間だけですが」

お願いします、と答えると、助産師さんはうなずいて分娩室《ぶんべんしつ》の中へ戻っていく。

◇

それから、約二時間後。

我が子との対面を済ませた俺は、佐奈子が運ばれた病室へ向かう。個室に入ると佐奈子は、ベッドに上半身を起こしてこちらを見た。予想していたよりも落ち着いた様子に、安堵《あんど》が深まる。

「大丈夫か？」

「うん。後産もちゃんと終わったし。裂けたとこを縫《ぬ》ったからまだ痛いけど」

「――お疲れ様、ほんとに」

「ありがとう。昂士もね」

「俺なんか何も」

そう、俺は本当に何もしていない。分娩室《ぶんべんしつ》の前で落ち着きなくうろついて、情けない姿を周りに見せていただけ。丸一日近く陣痛《じんつう》と闘っていた佐奈子の大変さとはまるで比較にならない。

……ああ、そうだ。

「子供に会ってきたよ」

「そう。どうだった？」

「……小さいんだな、赤ちゃんて」

正直に口にしたら、佐奈子が噴き出した。

「そりゃそうよ、生まれたばかりだもの」

くすくす、と笑みをこぼしながら言う佐奈子の様子に安心しながら、先ほど対面してきた子供のことを思い浮かべる。

助産師さんが腕に抱いて連れてきた子供は、本当に小さかった。この生き物が自分たちと同じ人間なのか、と思わず疑ってしまったほどに。

抱っこしてあげてください、と言われておそるおそる受け取って――見た印象以上の小ささと、あまりの軽さに戸惑った。その戸惑いは徐々に、義務感と責任感を呼び起こしていく。

この生き物――この子は、自分が守らなければ。

佐奈子と協力して……その佐奈子も、俺が守りながら。

「名前はどうする？」

「名前……ああ」

そうだった。出生後二週間以内に届けを出さなければいけないから事前に決めておく方がいいと思って、だいぶ前に考えたんだった。いちおう決めた、ということだけは佐奈子にも伝えてある。

佐奈子は『昂士に任せる』と、当日まで楽しみに待っていると言っていたから。

「……うん。女の子だったら、こう付けようって思ってた」

手帳を取り出し、メモスペースにゆっくりと丁寧に書いて、佐奈子に見せる。

「……なみこ?」

「そう、佐奈子にちなんで一文字取った。あと、心の美しい子になってほしいと思って、美の字を付けて『奈美子』」

「奈美子……奈美ちゃん」

口の中で転がすように、大事そうにつぶやいた後。

「いい名前。可愛いわ」

佐奈子が浮かべた微笑みの柔らかさに、ほっとする。

「よかった。ありがとう」

「ううん、昴士こそ」

言い合って、先ほども同じような受け答えをしたことをお互い思い出したようで、ほぼ同時にぷっと噴き出す。

しばらく二人してくすくすと笑い合い——どちらからともなく顔を近づけ、唇を触れ合わせた。

「では、この件につきましては、そのように手配させていただきます」

「承知しました。メルカートさんのご手腕に期待していますよ」

「ご期待に添えるよう、精一杯努めます」


会社の応接ブースで今、新しい提携話が決まったところである。

十年ほど前から契約数を飛躍的《ひやくてき》に伸ばしている、外資系の保険会社。

今の時代、ネットで契約手続きができるのは大前提だが、この会社はスマートフォンからの手続きをいち早く可能にし、かつ、それをどんな年齢層にもわかりやすい見せ方で展開した。

その結果、業界で売り上げベストスリーの常連となり、特に高齢者の契約数では四年連続でトップの成績を誇るほどに成長している。

だが去年はいくぶんの伸び悩みを見せ、売り上げ三位から転落しなかったのは四位の企業の契約数水増しが発覚したおかげだと言われている。

これまでは自社社員による営業活動こそが「誠意の証」としてこだわる社風だったが、新規開拓策の一環として『保険メルカート』との提携を考え、本社に話を持ち掛けてきた。

そこで東日本及び西日本の統括それぞれが担当となり、エリアの特色に沿った販売戦略を提示し、このたびめでたく両エリアでの保険商品取り扱いが決定した次第である。

「メルカートさんも、樹山さんが西日本統括になってから、順調に業績を伸ばしていますね」

「いや、私などまだまだ未熟でして。社員が一丸となって頑張ってくれているおかげですよ」

「ご謙遜《けんそん》を」

「いえいえ、とんでもない」

ははは、と営業用の笑みを張り付けて笑い合う。

相手は五十歳近くになる副社長、対してこちらは、責任者とはいえ三十を過ぎたばかり。あちらから見れば若造《わかぞう》で、創業者一族ゆえの役付きと受け取られていてもおかしくない。ひたすら謙遜《けんそん》するぐらいでちょうど良いのだ。

「そういえば、樹山さんは最近、父親になられたそうですね」

何気ない調子で出された話題に、自分のこめかみがピクリと震えるのがわかった。

「女のお子さんと伺いましたが」

「……ええ、その通りです」

声が、硬くなってはいないだろうか。

「何ケ月になります？」

「三ケ月です」

「可愛いでしょう。ことに一人目だと」

「そう、ですね」

一瞬、言葉に詰まったのを相手は聞き逃さなかった。

「おや、どうしました？」

「……いえ。なんというかまだ、父親になった実感が薄くて」

「ああなるほど。男はそうかもしれませんな」

わかりますよ、と鷹揚《おうよう》にうなずく相手からは、疑いの気配は感じられない。

「私もそうでしたよ。時代もありますが、子供が生まれた頃は課長になったばかりでしたし、育児は完全に妻任せでした。はは」

「そうですか」

相手の思い出話に生返事をしながら、自分の中のざわつく心を懸命に抑えていた。

◇

その日の終業後。

佐奈子に電話をかけようとして、手を止める。帰りの電話はしばらくしないで、と言われていたのを思い出して。

やっと寝付いた娘が電話のベルで起きてしまったことがあるから、と言っていた。

仕事が終わった後はすぐにでも愛する妻の声を聞きたいのに、という思いが頭をもたげる。正当な理由があるのだから仕方ない、と理性では考えているのだが。

家へと向かう車のハンドルがいくぶん重く感じる。この約三ヶ月、実はずっとそうだ。

これまでなら、寄り道も脇見もすることなく一目散に帰宅していたのに。

もちろん今、寄り道も脇見もするつもりはまったくなかったが。

だから車はあっという間に、自宅のあるタワーマンションの駐車場に着いてしまう。車を降りて入庫処理を終えれば、あとは部屋に向かうだけ。

一階から高速エレベーターに乗り、四十階で降りる。子供ができたとわかってからしばらくして、空きのあった3LDKの部屋に引っ越した。家族の将来を考えれば広い方がいい――と考えたゆえだが、今思い返すと苦い気持ちになってしまうのは否めない。

それというのも。

「ただいま」

玄関を入ったところで声をかけたが、返事はない。

廊下を通り過ぎ、リビングダイニングに続く扉を開けた。

なるべく音を立てないようにして。

「ただいま、佐奈子」

「……おかえりなさい」

二度目のただいまは、寝ぼけた声に出迎えられる。

ダイニングテーブルに突っ伏していたらしい顔は、疲れ切っていた。

出産直後も疲れた、かつ少しやつれた顔をしていたが、ここ最近の様子とは比べものにならない。目の下には一日中クマが浮き、顔色もよいとは言えない。もともと色白の肌は今、不健康な青白さに見える。寝不足に加え、昼間ろくに外へ出ていないからだろう。

テーブルの傍にある、スイングベッドで眠る娘を見る目つきもどこか虚ろだ。

帰ってきて佐奈子の様子を見るたびに、心配な気持ちでいっぱいになる。彼女のために何もできていない自分がもどかしく、辛くもなる。


――俺も佐奈子も、新生児の世話がこんなに大変だとは、思っていなかった。


いや、知識としては知っていたが、現実はそう甘くはないということだ。

俺達は、特に佐奈子は、〇歳児の育児にかかりきりになった。

誇張《こちょう》でなく一日中、赤ん坊に振り回されている状況だ。朝から晩までのみならず夜中でさえ、娘が泣いて起きるたびに慌てておむつを替え、ミルクを飲ませる。

腹が満たされればすぐに寝てくれるものだと思っていたが、なかなか眠らない時もある。俺はまだしも、出産したばかりの佐奈子はかなり辛いはずだ。

それでも平日の朝から夜は任せざるを得ない現状が憎らしい。

しかも、退院してしばらくは寝室で三人で寝ていたが、半月と経たないうちに佐奈子は「一緒に起こしちゃうのは悪いから」と言って、奈美子と二人、別室に布団を敷いて寝るようにもなった。

以来、完全に奈美子にべったりの佐奈子とは、ろくに触れ合えていない。

正確に言うなら臨月《りんげつ》の少し前からまったく行為をしていない。覚悟していたが、四ヶ月も我慢を強いられようとは……いや、今の一番の問題はそこではないのだ。

もちろん身体の触れ合いも大切だし、可能ならば毎晩でもしたい。

それは偽らざる本音だ。

けれどそれ以上に、最近の佐奈子とは、心が通じ合えていないように感じられて仕方なかった。

◇

母乳を飲ませること以外は男性でもできる——何かの本でそんな文章を読んだ。

つまり育児そのものは男でも充分にできる。以前からそう思っていたし、だからこそ二人で学べることはひと通り学んだつもりだった。

彼女に任せきりにするのではなく、俺ができることはなるべく引き受けるつもりでいたから。

だが現実はどうだろう。娘が生まれるのとほぼ同時に入ってきた例の提携話で、取得する予定の育休を返上せざるを得なくなった。

皮肉にも、本社から直々に最高責任者に指名されてしまったのだ。

最初は当然ながら本社の社長、つまりは父親に辞退を申し入れた。しかし『この件をまとめればおまえの評価がまた上がる。つまり、数年後の専務着任への布石になる』『気持ちはわかるが、先々を考えれば家族のためにもなることだ』と半ば言いくるめられてしまった。

いつかは本社に戻り、社長職を継ぐ。それ自体は家業にかかわると決めた時に父親や祖父と約束したことだし、俺自身もそのつもりで仕事に邁進《まいしん》してきた。

おかげで三十歳前に今の地位を得て――佐奈子とあの日再会するきっかけになった。

そのことには非常に感謝しているが、今回は、今の立場が裏目に出てしまったわけだ。

育休を返上することにかなりの後ろめたさは感じた。申し訳ない気持ちで佐奈子に報告すると、彼女は笑顔で「気にしなくていいから仕事頑張って。きっと昴士なら間違いないと思って任されたのよ」と言ってくれた。

最愛の妻にそんなふうに言われては、頑張るしかない。

もとより、渋々にでも引き受けたからには仕事に打ち込む必要がある。

おまけに多くの部分が他の社員に任せられない内容で、俺が直接関わることは必須だった。

ほぼ毎日遅くまで残業を強いられる上、休日も持ち帰り仕事や打ち合わせで半日は部屋にこもりがちな日々。

そんな状態では、奈美子に接する時間もまともに取れはしない。

そしてあっという間に三ヶ月が経ち――ふと気づけば、疲弊《ひへい》しきった様子の佐奈子が家にいるという次第だった。

本当にふがいない。

殴れるものなら殴りたいほどに、自分自身が情けない。

出産前はもっと、佐奈子を助けられるつもりでいたはずだ。


――理想と現実がこんなにも違うものだとは。


もちろん急な仕事の影響はあるが、根本的に考えが甘かったのだ。

本心を言うなら、今すぐにでも彼女と立場を交替して、自分が育児と家事を引き受けてやりたい。

けれどそれは難しい話だ。産後間もない身体の佐奈子を働かせるわけにはいかないし、たとえ俺が育休を一年間取れる状態だったとしても、彼女が娘を放って仕事に行ったりするとは思えない。

妊娠中から佐奈子は、子供に対する愛情の傾け方が生半可ではなかったから。

「なあ、少し休んでこいよ。最近あんまり眠れてないだろ」

奈美子を横抱きにしてソファに座っている佐奈子に声をかける。

俺の提案に、佐奈子は即座に首を横に振った。

「もうすぐミルクの時間だから」

「俺がやっとくよ。作り方ぐらいわかるから」

「でも、少しは母乳も飲ませないと……私がやるから」

母乳にせよミルクにせよ自分が飲ませなければならない。そんな使命感に燃えている——とにかく余裕のない佐奈子に対し、俺自身も疲れが溜まっていたからかわずかな苛立ちが芽生えた。

「落ち着けよ」

「落ち着いてるわよ」

そう佐奈子は言うが、傍目からだと強情を張っているように見えて仕方ない。

思わず声が荒くなった。

「全然落ち着いてないだろ。前から思ってたけど、最近の佐奈子は余裕がなさすぎるよ」

「どういう意味？」

「子供のためを思ってるんだろうけど考えすぎってこと。育児は佐奈子じゃなきゃできないものじゃないよ。もっと他を頼っても……」

そこでふいに、佐奈子の表情が崩れた。

張り詰めた硬い表情から、泣き出しそうな弱いものに。

「……そんなこと、できないもの」

「佐奈子？」

「昂士は平日は仕事だし、親もそんなには頼れない……私が母親なんだもの、私がやるしかないじゃない」

そう言い終わらないうちに、ぼろぼろと涙がこぼれる。

途端に声を荒らげたことを後悔した。泣かせるつもりは微塵《みじん》もなかったのに。

「さな……」

「ごめん、今日は、一人でごはん食べて。用意はしてあるから」

顔を隠すようにして立ち上がり、奈美子を抱いてリビングを出ていく。数分と経たないうちに、客間の方向から泣き声が響いてきた。奈美子が起きてしまったのだろう。

ふと、ダイニングテーブルの上を見る。そこにはラップをかけられたおかずの数々があった。周りを見回せば、ピカピカとまではいかずとも片付けられている部屋。

佐奈子の、精一杯をはるかに上回る頑張りを、今さらながら感じた。

育児をしながらこれだけの家事をこなしているのだ。疲れないはずがない。

おそらくは身体的な疲労より、精神的なそれの方が大きいのではないだろうか。

……そんな佐奈子に、俺が現状でできることはなんだ？

第三章

数日が経過した週末、日曜日の午前。

「ほんとに大丈夫？」

「大丈夫だって。俺が父親だってこと、まさか忘れてないよな」

「そうなんだけど……」

先ほどから十五分ほどの間に、同じやり取りはこれで三回目だ。そして、このやり取り以外にも育児に関する注意事項を浴びるように聞かされている。

あれから、気合いを入れ直して仕事に集中した。おかげで一段落ついたのだ。

確かに俺にしかできない仕事、するべき仕事はあるだろう。しかし、佐奈子の心や笑顔を守るのも、奈美子の世話をすることも、俺がするべきことに違いない。

今日は、何の緊急連絡も臨時のミーティングも入らないはず。

その上で、佐奈子にひとりきりでの外出を提案したのだ。帰りは何時になってもかまわない、好きな所へ行って好きなことをしてきてほしいと言ってある。

彼女は最初、かなり固辞《こじ》した。説き伏せるのに一時間近くかかった。

それでもこの時間は絶対に必要なのだ。

佐奈子のためにも、俺自身のためにも。

「何かあったら遠慮せずに電話してね？　マニュアルにはほぼ書いたと思うけど……」

今日を外出日にすると決めてからの佐奈子は、数日かけてメモ帳一冊分の育児マニュアルを作成した。何事にも真面目で一所懸命、仕事に手抜きをしない彼女らしい。

それでもなお不安そうに目を伏せる、佐奈子の体を無理やり反転させ、背中を押して玄関から外に出す。

「心配するなって。佐奈子のマニュアルなら完璧だと思うし、何回も読み返したから」

そうしてようやく、佐奈子を送り出すことに成功したのだった。

◇

しばらくは平和な時間が続いた。

奈美子が起きたらミルクを飲ませ、寝かしつける。いまだに抱き方がぎこちないせいか時間がかかり、あっという間に昼近くなった頃。

ソファに座ったままうつらうつらしているとインターホンが鳴った。何か宅配の荷物でもあっただろうかとモニターを見ると。

「……母さん？」

いくつもの紙袋を持つ、実母の姿がそこにあった。

反射的に通話ボタンを押したことを、すぐに後悔する。

「昴士、いるのよね。開けてちょうだい」

よく通る声が予想以上に部屋に響き、慌てた。と同時に、ぐずぐずと泣き始める声が聞こえる。

インターホンの音は最小に設定してあったのだが、意味がなくなってしまった。

「開けるから、ちょっと静かにして」

そうは言ったものの、言い終わる前に通話が切れていたから伝わっていないだろう。

再びインターホンが鳴る。玄関の扉を開けた途端、母親が入り込んでくる。

「おはよう。元気にしてた？」

そう言って渡された紙袋二つを反射的に受け取ったが、正直、気が気ではなかった。こうしている間にも奈美子の大泣きが始まるのではないかと思って。

懸念《けねん》にたがわず、一瞬ののちに派手な泣き声が聞こえてくる。

それにはさすがに母親も気づいた。

「あら、奈美ちゃん起きちゃったのね」

「だいたい、日曜だってのに何しに来たわけ」

「日曜だから来るんでしょう。佐奈子さんから、今日はあなたが一人で奈美ちゃんの面倒を見てるって聞いたのよ。なるべく早く帰るけどちょっと心配です、なんて言ってたから私も気になって」

どうやら佐奈子が母親に伝えたらしい。あれだけ準備していても、俺を一人（正確に言えば奈美子と二人）にするのが心配だったのだろうか。

微妙に傷つきつつも、母親をリビングに招き入れる。

「荷物置いたら、手洗いとうがいしてくれよ」

「はいはい、わかってます」

母親の声を背中に奈美子を抱き上げる。泣き叫ぶ、という表現がぴったりの派手な泣き具合で、手足をじたばたさせるというおまけ付きだ。

小さな手足の力は赤ん坊とはいえ侮れず、油断すると腕の中から飛び出しかねない勢いがある。

慎重に横抱きで揺らしながら、佐奈子に教わったあやし言葉を口にする。

「よしよし、奈美子はいい子、可愛い子」

繰り返し唱えるように言っていると、だんだんと奈美子は落ち着いてきた。やれやれと思ってふと顔を上げると、いつの間にか戻ってきていた母親が扉のそばに立って目を丸くしている。

「……なんだよ」

「驚いた。あなたも意外と、ちゃんと父親やってるのねえ」

「当たり前だろ」

しみじみと言われて、いったいどう思われていたのかとムッとする。途端に、落ち着いていたはずの奈美子がまた、しゃくりあげるような声を出し始めた。

「ああ、だめよ。そんな顔しちゃ」

母親が駆け寄って来て、半ば強引に奈美子を抱くのを交代する。

「抱っこしてる人が怒っていたら子供が不安になるわ」

そう言いながら奈美子を抱く姿は、育児のブランクを感じさせない、慣れた様子に見えた。

「初孫だってのに、ずいぶん慣れてるみたいだな」

「初孫だから練習したのよ。近くの母親教室に混ぜてもらったり、お米三キロ使って人形作ったりしてね」

「へ？」

思わず変な声が出た。

もちろんお米はちゃんと後で食べたわよ、と言う母親の声が右から左に抜けていく。

孫の誕生を楽しみにしていたのは知っていたが、そこまでやっていたとは。

ふと、気になることが頭にひらめいた。

「まさか、佐奈子を付き合わせたりしてないよな？」

「やあね、そんなことしてないわよ。でも」

「でも？」

「たまに、奈美ちゃんの顔を見に来るついでにいろいろ持ってきたりはしてるわ。お惣菜《そうざい》とかお菓子とか。佐奈子さんも赤ちゃん見ながら料理とかするのは大変だと思って」

「たまにって、どれぐらい」

「週一か、二回ぐらいかしらね」

……それは全然、たまにと表す頻度ではない。

佐奈子の苦労を、俺はまったくわかっていなかったのかもしれない。

第四章

帰宅した途端、ただいまを言うよりも先に、玄関に走り出てきた昴士に頭を下げられた。

「ごめん、佐奈子」

「えっ？」

あまりにも唐突すぎて、そう言う以外の反応ができない。唖然《あぜん》としている私には気づかないのか、気づいてはいるけどかまっていられないのか、昴士は下げた頭を上げようとはしなかった。

「ほんとにごめん、俺」

「ちょ、ちょっと待って」

そのまま続けようとする昴士を慌てて止める。

「いきなり言われても、よくわからない……とりあえず、上がらせて？」

「それもそうだな」

その時、あぁーんと奥から泣き声が響いた。

反射的に部屋へ飛び込もうとしたら、昴士の身体に制される。

「まだ手洗いとうがいしてないだろ。俺にまかせて」

きっぱりと言い置いて、昂士はひとりリビングへ入っていった。奈美子のことが気にはなったけれど、言われたことはもっともだ。

遅れてリビングに行くと、奈美子にミルクを飲ませている昂士の姿が見えた。

「どうかした？」

はっと我に返る。

気づくと授乳は終わっていて、役目を終えた昂士は小首をかしげてこちらを見ている。

正直、かなり意外だった。

外出中、昂士からの連絡がないことに焦れて、こちらから困りごとはないか尋ねてみた。しかし返ってくるのは毎回『心配ないから』とか『気にしないでゆっくりしてきて』とかの文言ばかり。

一時間半おきの連絡が三回を数えたところで、どうにも落ち着かなくなって、およそ一年ぶりに会った友達――真結とのお茶を少し早めに切り上げて帰ってきたのだ。

それに、別に気がかりなこともあった。

「……ねえ、お義母さん来たよね？　私が連絡したから……」

おそるおそる尋ねると、昂士はあっさりうなずく。

「来たよ」

次に続ける言葉を頭の中で探していると、昂士がこう言ってきた。

「呼ばない限りは来なくていいって言っといた。母親が来ない分、俺が頑張るから安心して」

「え？」

疑問を発した私に、ここ座ってと昂士が身振りで自分の隣を示す。

彼の隣に座った途端、いきなり手を握られた。

そして。

「ごめん佐奈子。俺、全然気づいてなかった」

さっきと同じく、ものすごく真剣な表情で迫るように言われて、反射的に身を引いてしまう。

「うちの母親がしょっちゅう、ここに来てたこと」

「……ああ、そのことね」

なるほどと思った。お義母さんと話して、いろいろと現実を知ったのだろう。

「助かることはあっても、佐奈子は誰にでも甘えられるタイプじゃないだろ？」

「そういうわけじゃ……」

と言葉を濁《にご》したものの、確かにその通りだった。家事や育児を手伝ってくれて、たくさん気にかけてくれていることは分かるが、それでも高頻度だと気が詰まる。

――今日みたいに、自分から頼み事をすることもあったから、なかなか言えなかったけれど。

「でも、大丈夫。助かってるのは事実だから」

「大丈夫じゃないだろ」

即座に返されて、しかも思いがけず強い調子だったので、ビクリとする。

「昂士？」

「大丈夫ならもっと気楽な顔をしてるはずだ。今の佐奈子みたいな、複雑な表情にはならない」

図星を指されて、何も言えなくなる。

気まずさと後ろめたさが、胸のうちに広がった。

「俺って、そんなに頼りないか？」

「えっ」

「母親のことだけじゃなくてさ――困った時とかどうしても辛い時とか、もっと弱音を吐いてくれていいんだ。佐奈子は俺には素直に甘えられるだろう？　佐奈子が母親として頑張ってるのも、頑張りたい気持ちもわかる。けどさ、完璧である必要なんかないんだよ」

はっとする。


――完璧である必要なんかない。


……そんなふうに、はっきりと思っていたわけではなかったけれど。

彼に言われて今、自分の感情に初めて正しく気がついた。私は――

ふいに、目から涙がこぼれた。

「佐奈子？」

「ご、ごめんなさい。泣くつもりなんかないんだけど」

焦った気分で涙をぬぐいながら、思いを口にする。

「……昂士の言う通りだと思う。私、なるべく母親として完璧でなくちゃいけないって思い込んでたのかも。率先して、家事も育児も引き受けるのが当たり前だって……」

ここから先を言うのは勇気がいる。

深呼吸を一度、ゆっくりとした。

「それに——格好つけたかったのかもしれない。母親らしい自分を周りにちゃんと見せたくて……特に、昂士に対しては。頑張ってるお母さんだって思われたくて」

ふっ、と漏れた笑いには、自嘲《じちょう》する響きが含まれていた。

「妊娠中にさんざん、育児は夫婦で協力してって聞いてたのにね……私、何してたんだろ」

言えば言うほど、自分が情けなくなる。


——と同時に身体が引き寄せられる。気づくと抱きしめられていた。

「こ、昂士？」

戸惑う私に、昂士はささやくように言う。

「そういうこと、もっとたくさん言ってほしい。俺たち夫婦なんだから。どんなことでも二人で考えて、悩んで、乗り越えていかなきゃ。奈美子を育てるのだって、佐奈子ひとりだけの役目じゃないんだから……俺がいつだって一緒にいる」

温かいささやきは、耳から頭に染みて――全身に温もりが広がっていく。

大きな背中に腕を回し、ぎゅっと抱きつくと、大きな手が私の背中を優しくさすってくれた。

しばらくそうしていると、波立った心が落ち着いてくる。

ああ、私はこの人が好きだ。そんなふうに再認識した時。

「佐奈子」

「――なに？」

「俺のこと、好き？」

タイミングの一致にドキッとしつつも、素直に答えた。

「好きよ」

「……キス、していい？」

「うん」

私が答えると、わずかに不安そうだった表情に、ふわりと喜びが広がる。

近づいてくるものを受け入れるため、目を閉じると、ほどなく柔らかな感触が唇に触れた。

ちゅ、ちゅっと軽いリップ音を立てて何度か触れ合わせた後、今度は少し強く、押しつけるように重ねられた。

ちろ、と舌先で唇を舐《な》められて、反射的に作ってしまった隙間から、温かく湿った舌が入り込んでくる。すぐにそれは私の舌に絡められた。

「ん、……っ、ん、ふ」

こんなふうにキスをするのはずいぶん久しぶりだ。舌を絡め合う感触が気恥ずかしく、けれど確かに心地よくて、鼻にかかった声が漏れてしまう。

その声に煽《あお》られたように、彼の舌の動きが激しくなった。口腔内をくまなく舐《な》め尽くすように動き回り、舌先が歯の根元をなぞっていく。

ぞくっ、と寒気のような感覚が背筋を這い上がった。キスだけでこんなふうに感じてしまうのは初めてで、戸惑いで思わず身じろいだ。

唐突な感じで唇が離れる。

至近距離でこちらを見つめる昂士は、さっきよりも不安そうな顔になっていた。

「嫌か？」

問いに、すぐさま首を横に振る。

「……ううん、違うの。なんか……その、変に気持ちよくなっちゃって。そんなの初めてだから、えっと」

「キスで感じて、戸惑った？」

今度は首を縦に振って、うなずく。上目遣いで見上げると、昂士はやけに嬉しそうな笑みを浮かべていた。

「よかった、感じてるのが俺だけじゃなくて」

言いながら、今度は照れくさそうにはにかむものだから、つい目線を下に落としてしまった。

彼が確実に興奮している証を久々に目の当たりにして、心臓が跳ね上がる。

同時に、私の中でも確かに熱がともった。

見つめ合う目の中には、きっと、同じ願いが浮かんでいると思う。

昂士はそれを正しく読み取ってくれた。

「――久しぶりに、いい？」

「……うん」

ちょっとだけ、悩んだ。奈美子が途中で起きたらどうしようかと。

スイングベッドで眠る娘を見る。ほぼ同じタイミングで昂士の視線もそちらに行き、絶対に同じことを考えたのだろうなという、安心にも似た思いが胸の内に広がる。

その感情が、吹き出し笑いになって表れた。

私の様子を見て、昂士もくすりと笑いを漏らす。

「このまま、寝室に連れて行こうか」

目線でスイングベッドを示しながら、昴士が言う。
意図を察して、そうだねと同意した。

第五章

寝室のベッドの上で、裸で抱き合う。

数えるのを忘れるほどに経験してもときめく瞬間。

今夜は数カ月ぶりだから、なおのこと心が高揚する。

……温かい。

他の何よりも安心する、愛おしい温度――今は、このぬくもりだけに浸っていたい。

自然に唇を重ね合い、お互いを貪《むさぼ》る。

キスは気持ちいいものなんだと今さらながらに認識した。いつも心地よくはあったけど、彼のキスは時々少し強引で、食べられてしまいそうな怖さをうっすら感じていたりもした。

けれど今は、その強引さに身を任せていたかった。

絡み合う舌がぴちゃぴちゃと音を立て、甘い唾液《だえき》を生み出す。飲み込みきれなかった分が唇の隙間からこぼれて、顎《あご》をつたう。昂士の唇がふと離れ、私の顎《あご》に流れる唾液《だえき》を吸う。その唇は首筋に移動して、今度は肌を吸った。

「……んっ」

首の付け根にちくりとした軽い痛み。何回か強く吸われて思わず声が漏れる。

きっと痕がついているに違いない。

「そこ、服で隠れない……」

「ごめん、今晩は許して」

いっぱい印つけたいから、と宣言した唇の蹂躙《じゅうりん》は首から肩へ、そして胸元へと動いていく。

なだらかに隆起する乳房にも、ところどころで軽い痛みが与えられる。その痛みは、しばらく痕が残ることを考えると恥ずかしいけれど、心地よいものでもあった。

愛されている、という証の痕跡。

ふくらみを滑っていった唇が乳輪にたどり着いた。と思った刹那《せつな》、湿ったものに触れられて、一瞬冷たく感じる。

「ひゃっ」

反射的に小さく悲鳴を上げてしまった。ぴくん、と跳ねてしまった体をそっと抑えつけられ、温かく湿る舌に乳輪を、くるりと円を描いて舐《な》められる。ぞくぞくっと快い震えが背筋を駆け抜けた。

はぁ……と小さく漏らしたため息に、くすっと小声の笑いが返される。

「まだ、これからだぞ」

ふふ、と余裕ありげな笑みの気配の後、胸の先端を食べるようにぱくりと含まれた。

ちゅうっ、と音を立てて吸い上げられ、きゅうんとお腹の奥が疼《うず》く。気持ちいい。

「はぁっ……ぁ」

飛び出しそうになる声を抑えたのは、同じ部屋にいる奈美子を思い出したから。いつもみたいな喘《あえ》ぎ声を出したら、起きて泣いてしまうんじゃないかと。

けれど私のそんな思いを知ってか知らずか、昂士は乳首への攻めをいきなり激しくしてきた。

厚く、熱い舌でべろりと舐《な》め上げたかと思うと、ちゅぱちゅぱと音を立てて繰り返し吸ってくる。

それも空いている方の胸を大きな手で鷲づかみにし、先端をくりくりと弄りながら。

その行為は今までにないぐらいに執拗《しつよう》で、両胸に与えられる気持ちよさに、私は何度も身をよじる。

「あ、あぁ……はん、あぁっ」

「あんまり声出すと、奈美子が起きるよ」

面白そうにそう言われて、体が熱くなる。わかっていてやっているのか。

じわじわと高まっていた体の奥の熱が、今の影響でか急に燃え上がったように思った。同時に、足の間からとろりとこぼれそうになるものを感じて、太ももを擦り寄せる。

その動きに気づいた昂士の右手が、脇腹を滑ってソコにたどり着いた。

割れ目をなぞられただけで濡れているのがわかってしまう。しかも、普段より多めに。

「だいぶ感じてるな、佐奈子」

嬉しそうに言われて恥ずかしいけれど、触られたことで期待が生まれる。これからもっと気持ち良いことをされる、という前触れだから。

つ、つつっ、と割れ目の縁を滑っていく指に、愛液がまとわりついていく。その指で襞をめくられながら触れられると、アノ場所がじぃ……んと疼《うず》いてきた。

その疼《うず》きは、指が襞を撫でアソコを掠めるたびに、じん、じんと増していく。触れられそうで触れられない、そのもどかしさに無意識に腰が揺れた。

「指、入れてほしい？」

「……うん」

欲求の強さに負けて、素直にうなずいてしまう。早く、はやく触れられたい。

「いいよ」

喜色をにじませた声。直後、つぷ、とした感触とともに指の先がソコへと入りこむ。

「あ」

思わず出した声が、自分でもわかるほどに歪んでいた。昂士が気づかないわけがない。

「痛い？」

「――、……大丈夫。ちょっと、変な感じなだけ」

久しぶりのせいなのか、思った以上に違和感を覚えた。けれど、痛くはない。

「大丈夫だから」

重ねて言うと、逡巡するような間の後、昂士がうなずいた。

「じゃあ、もうちょいゆっくりするな」

その言葉通り、慎重な手つきで指が少しずつ入ってくる。

「……っ」

「きつくなってるな……苦しくないか？」

「平気……だから」

本当は、指が内側を擦る感触がほんの少しピリピリする。けれど、そう言ったら彼が止めてしまう気がした。今夜は、たとえ痛くなっても、やめてほしくない。

そう思った時、ごめんな、とささやくような昴士の声がした。

「え？」

「俺、今日は……久しぶりだからちょっと先走ってるかもしれない。だから、もし嫌だと思ったら正直に言って。したいとは思うけど、佐奈子に無理はさせたくない」

申し訳なさそうに言われて、慌てて首を振る。

「佐奈子？」

「い、いいの。私も、昴士としたい……だから、ここでやめてほしくない」

昴士がはっとしたように目を見開く。少しの沈黙の後、片腕で抱きしめられた。

「無理してないか」

「……ほんとは、まだ少し変な感じがする。でも昴士に触れてほしいの」

「ありがとう」

俺も、佐奈子にいっぱい触りたい。そう耳元でささやかれて、歓喜に体が震えた。

おそらく半ばぐらいまで入った昂士の指が、ゆっくりと、根元までソコに埋められた。

ふう、と息をつくと、長い指の感触をさらにはっきりと感じる。

と、彼の親指が、秘所の上部にある突起《とっき》を転がすように押しつぶした。すでに充血して膨れ上がっていたようで、鋭い快感が腰から頭の先へと一気に突き抜ける。

「ひぁっ」

「ここ、気持ちイイ？」

先ほどとは声音が違うことに、当然ながら昂士も気づいたのだろう。声に笑みを含ませながらそう尋ねてきた。久しぶりに与えられた気持ちよさが嬉しく、小刻みに頭を縦に振る。

「き、もち、いい」

「そっか」

安心したようなつぶやきの後、赤く膨らんでいるに違いない珠が、繰り返し摘《つ》まれる。そのたびに強い快楽で腰がビクンと跳ねる。

指で擦られるナカも、徐々に、快感を拾うようになってきていた。

「あっ、あ、あぁっ」

たまらずに喘《あえ》ぎながらも、声が大きくならないようにと必死だった。

右手の甲で口を半分塞いだけれど、すぐさま昂士の手に外されて、シーツの上に固定される。

「もうちょっとぐらい、乱れたら」

「……だめ。起きちゃう」

くすっと笑う気配の後、右手が解放された。

かと思うと足をがばっと開かされ、何をされるのか察した私は焦った。

「だ、だめ」

「なんで。久しぶりだから解した方がいい」

言うやいなや、抗う暇を私に全く与えない速さで、昂士の頭が秘所に寄せられる。そしてすぐさま、赤い突起《とっき》に吸い付かれた。

「あぁぁぁっ」

先ほどよりも数倍強い快感が、全身を電流のように駆け抜ける。ほとばしる声を加減できなくて、一瞬のちにスイングベッドを置いた足元へと視線をやったけれど、奈美子が起きた様子はない。

私の注意が逸れたことに昂士は鋭く感づいたようで、「今は集中して」と命令口調で言ってきた。

反論する間もなくさらに何度か珠を吸われて、頭を反らして喘《あえ》いでしまう。

「あぁっ、あぁっ、あぁんっ」

「そんな気持ちイイんだ」

楽しそうな昂士の声。突起《とっき》を攻めていた舌が今度は、先ほどまで指が入っていた入口へと移動し、あふれる蜜を舐《な》め始めた。同時に、突起《とっき》は再び彼の指に摘《つ》まれて、転がされる。

二種類の快楽を同時に与えられて、頭がくらくらしてきた。

口淫ってこんなに、されるの気持ちよかったっけ……？　そんな自問が頭をよぎるけど、久しぶりだからいまいち思い出せない。それ以上に、気持ちよすぎて頭が回らない。

じゅるじゅると音を立てて愛液を吸われ舐《な》められ、クリトリスを指で攻められる。そうされることがたまらなく気持ちイイのは確実で、だんだんと、それ以外のことはどうでもいい気分になってきた。

「あ、あっ、あっ……だ、め」

「イキそう？」

「ん、あ、いく、あっ」

「じゃあイって」

命令を、確かに嬉しいと感じた。さらに音を立てて蜜が吸われ、珠を弄られて。

「あ、あ、あぁ——あぁぁ！」

数か月ぶりの絶頂を、背中を反らせながら迎えた。シーツをつかんだ指の力が、ピンと張った手足のこわばりが少しずつ抜けていく。

「じゃ、挿れるよ。もし痛いの我慢できなかったら、遠慮しないで」

再び、優しく言ってくれた昂士にうなずいて、身構える。

ふいに真剣な目つきになった昂士の欲棒が宛がわれ、ちゅくり、と切っ先が秘孔《ひこう》に入る。そのまま、つぷつぷと愛液を泡立てながら、幹がナカを進んでくる。

「……っ、ふ」

彼が解してくれたおかげか、痛みは感じない。その代わりにというか、指の時にも覚えた違和感はあった。サイズが違うから先ほどよりも大きな違和感で……まだ行為に慣れていなかった頃の感覚に近いかもしれない。

けれどそのせいなのか、普段より、彼のモノを敏感に感じる。みっちりとナカを埋め尽くしていて、熱くて……興奮でピクピクと脈打っている。

私の体でそうなっていると思うと、私の中にも昂《たかぶ》るものが生まれてくる。

ふる、と膣壁が震えて、きゅうっと昂士を締め上げてしまう。

「う」

かすかに昂士が呻《うめ》き、顔をしかめた。気持ちよさを我慢する顔だ。

「……つらくないのか？」

尋ねてくる彼は、どこまでも優しい。

それでいて目にも表情にも、私を貪《むさぼ》りたいという欲求があふれている。

それが、たまらなく嬉しいと思う。

「うん、大丈夫。——だから、動いて」

意志表示をはっきりさせるため、腰をわずかに動かす。ナカが幹で擦られて、ぴりっとした感覚とともに、確かな快感の欠片が生まれた。

昂士がまた表情を歪め、かすれた声で確認する。

「いいんだな。止まれないぞ」

「いいから、して……欲しいの」

昂士のモノがくれる快感が――彼の、私への愛情の証が。

わかった、とうなずいた昂士が、動き始めた。

一度、入口近くまで引き戻された後、今度はぐっと奥まで切っ先が入れられる。とん、と当てられるのを久々に感じた。

「あっ」

突かれた感覚に、確かに悦《よろこ》びを覚える。昂士とひとつになっている――その事実がどれだけ私に幸福と安らぎを与えてくれるのか、少しの間忘れていた。

この何ヶ月か、足りていなかったのはコレかもしれない……なんてことを考えたけれど、その思考はすぐに霧散《むさん》させられる。ズッ、ズッとナカを擦り上げられるぞくぞくとした感覚、子宮口を突かれる刺激から生まれる快楽に支配されて。

「はっ、あ、あぁ、あぁん」

「気持ちイイか」

「ん、あっ、あん、きもちいい、そこ」

「ココか？」

「あっ、そこ、あん、だめぇ」

「ダメじゃないだろ」

昂士の声に楽しそうな響きが含まれる。

だめ、と私が訴える時は感じている時だと知っているから。

「ほら、ココっ」

にわかに私の左足を持ち上げて肩に掛けると、先ほどとは違う方向から強く、私の弱い場所を突き上げてくる。その攻撃の強さに、私は全身で喘《あえ》いだ。

「あぁぁぁ！」

体を反らした拍子に右足も抱え上げられ、腰を鷲づかみにされる。その状態でずんずんと奥を、そのまたさらに奥を突かれて、また喘《あえ》がされる。

止まらない気持ちよさで生まれ続ける蜜があふれて、お尻からシーツへとつたっていった。

「あっあっあっ、あぁっ、あぁぁっん！」

「佐奈子のナカ、きつい。すごい気持ちイイ」

「あん、昂士、の、あつい、っいいっ」

子宮口に雁首をぐりぐりと押し付けられ回されて、苦しいぐらいの快感が生まれる。もはや頭の中には快楽のことしかなくて、強すぎる快楽で脳の神経が焼き切れそうだった。

「あ、きもち、い、あ、だめ、も、おかし、く」

「おかしく、なれよ。もっと」

荒い息の合間に交わされるのは、互いの欲求の奔流《ほんりゅう》。止まらない甘い攻撃に、私はシーツを乱しながらひたすらに悶《もだ》え、浮いた爪先で何度も空を蹴る。

激しく揺らされて快楽に溺れる私と、ナカをもっとぐちゃぐちゃに攻めて私を乱したい昂士――この行為で一緒に昇り詰めたい。求めているのは、きっと同じところ。

その前触れは、ほぼ同時に訪れたようだった。

「――あ、だめ、ほんと、に、もう、っ」

「もう、イキそう?」

「いく、あっ、あぁ、イクぅ」

「ん、俺も、もぅ、イク――イくよ」

腰をつかむ手の力が強まり、往復運動がさらに速められる。神経が焦げつくような快楽と、あふれ続ける愛液のひんやりとした感覚、そして。

「っ、く……ぅ」

「あ、あぁっ――あぁぁーー!!」

昂士が小さく呻《うめ》くのとともに、絶頂の波が一気に押し寄せ、私を飲み込む。

一瞬ののち、膜越しに放たれた彼の白濁が、私のナカを灼いた。

◇

久しぶりの交わりに熱中しすぎて、事後に一時間ぐらいうとうとしてしまったらしい。気づいた時には裸のまま抱き合っていて、昴士の手が背中を上下していた。

「大丈夫？」

うん、と言おうとして喉が少し痛むことに気づく。

……さすがに、喘《あえ》ぎすぎたようだ。

ふと思い至ることがあって、上半身をがばりと起こした。

昴士が驚きつつもつられて一緒に起き上がる。

ダブルベッドの足元に置かれた、スイングベッド。奈美子はいまだ、すやすやと眠っていた。

「……全然、起きなかったね」

「ほんとだな」

夜は長くても二時間と眠らないし、あの騒がしさの中なら起きてしまうはずなのに。

「親孝行な子じゃないか」

「……何言ってるのよ」

「いやまあ、結果論だけどさ」

ははは、と軽く笑った昂士に、布団に引き戻される。

「ま、腹減ったらどうせ起きるんだから。それまで俺たちもゆっくりしとこう」

「でも」

ちらりとヘッドボードの時計を見る。大まかに計算すると、私の帰宅直後の授乳から三時間近く経っている。きっともうすぐ目を覚ます、だったら先にミルクを作っておく方が。

段取りを考えている私の頭を、昂士が引き寄せる。唇が重ねられ、ぺろりと舐《な》められた。

「ちょっ、昂士」

「時間はわかってるよ。けど起きてからでもいいだろ。たまには大人の都合、優先させてもらお？」

いたずらっぽく言って、片眼を瞑《つむ》った。その表情が本当にいたずら好きな子供みたいで、思わず噴き出してしまった。

もう一度軽くキスされて、また抱きしめられる。私はおとなしく彼の肩に顔をすり寄せた。

少し汗の混じった、昂士の香り。こんなに近くで匂うのは久しぶりだ。

「なあ、佐奈子」

「何？」

「奈美子がもうちょっと大きくなったら……ていうか、育休明ける前に、披露宴《ひろうえん》しないか」

「え？」

唐突な提案に、困惑を感じていると。

「挙式はやったけど、近しい身内だけだっただろ。親戚《しんせき》に会ったのも年始のパーティーでだけだし。もっとたくさんの人に、ちゃんとした形で挨拶したいって、ずっと考えてた」

……確かに、昂士の言う通りではある。

樹山家のような、会社経営を中心にした親族や知人との繋がりが強い家だと、事あるごとにきちんとしたお披露目《ひろめ》の場は必要なのだろう。本家の跡取《あとと》りの結婚ともなればなおさらに違いない。

今まで、義理の両親にも義祖父母にも表立って急かされなかったのが、きっと異例なのだ。

「……ていうのは、まあ建前で」

「建前?」

おうむ返しに問うと、ふふっと昂士が笑う気配を感じた。頭の上と、胸越しに。

「俺が、見せびらかしたいだけなんだけどな。佐奈子たちを」

「えっ」

「これが俺の嫁さんと娘ですって。できるだけ皆に自慢したい」

「……昂士ったら」

見上げた顔は照れくさそうに笑んでいる。けれどたぶん、私の方がもっと照れくさく思っているはずだ。頬もちょっと熱いし。

見つめ合う顔が、また近づく――触れ合う唇は、いつでも甘い。

あと何分もしないうちに、奈美子が目覚めるかもしれない。だからこそ。

それまでは二人の世界に、彼の香りと温もりだけに浸っていたい。

背中に回した腕に力を込めると、昂士も同じように抱き返してくれる。そうやって想いを交わし合える相手がいることを、今、この上なく幸せだと感じていた。

愛され乱される、オトナの恋。溺愛主義の恋愛レーベル

Eternity BOOKS

今夜は君をめちゃくちゃに愛したい
独占欲強めな極上エリートに甘く抱き尽くされました

紡木《つむぎ》さぼ

装丁イラスト／浅島ヨシユキ

仕事熱心なOL・由奈《ゆな》はある夜、会社のエリートである柚木紘人《ゆのきひろと》に声をかけられ、急接近。二人きりで飲みにいく仲になり、優しくて頼れる紘人にどんどん惹かれていく由奈だが、紘人の過去には気になる噂が。それでも、情熱的な一夜を共にしてしまう。その夜から紘人は由奈をこれでもかと甘やかし、溺愛し、さらには同棲宣言までしてきて……⁉
ワケありなエリートと真面目なOLのドラマチックラブ！

詳しくは公式サイトにてご確認ください。
https://eternity.alphapolis.co.jp/

子供のころから天然の姉の尻拭いをしてきた和菓子店勤務の優季《ゆうき》。そんなある日、またもや姉がやらかした！　姉の取引先の御曹司とのお見合いの直前に他の男性との妊娠発覚！　困った時の妹頼みとばかりに泣きつかれやむなく代わりにお見合いすることに。断るつもりとはいえ、相手の御曹司・智暁《ちあき》は嘘みたいな好条件で結婚を申し込んできて——

無料で読み放題
今すぐアクセス!
エタニティWebマンガ

B6判 定価：770円（10%税込）

愛され乱される、オトナの恋。溺愛主義の恋愛レーベル

BOOKS Eternity

BOOKS Eternity エタニティ

忘れられない彼と二度目の恋を——

エリート社長の一途な求愛から逃れられません

流月《るづき》るる

装丁イラスト／三廼

海外のリゾート企業に勤める美琴《みこと》は、五歳の子どもを持つシングルマザー。学生時代の彼・優斗《ゆうと》の子どもを妊娠したが、別れた後だったので海外で極秘出産したのだ。もう二度と彼と関わらないと思っていたのに、仕事で久々に日本に戻った美琴は、勤め先のホテルで優斗と再会！　変わらず紳士的な態度で接してくる優斗に、美琴は戸惑いつつも忘れていた恋心が揺さぶられて……？

詳しくは公式サイトにてご確認ください。
https://eternity.alphapolis.co.jp/

愛され乱される、オトナの恋。溺愛主義の恋愛レーベル

BOOKS Eternity

極道な彼の妄執に溺れる――

ヤンデレヤクザの束縛愛に 24時間囚われています

秋月朔夕《あきづきさくゆう》

装丁イラスト／森原八鹿

親が残した借金は普通の会社員だったはずの、ほのかを追い詰めていた。非合法な金貸し業者から身売りを迫られていたほのかの前に、美貌のヤクザ・御堂龍一《みどうりゅういち》が現れ、肩代わりを申し出る。条件はただ一つ、対価としてほのかの身体を差し出し、彼の愛人になること。そうして始まった淫らな契約関係。ほのかに異常な執着を示す龍一は昼夜問わずその身体を蹂躙し……

詳しくは公式サイトにてご確認ください。
https://eternity.alphapolis.co.jp/

愛され乱される、オトナの恋。溺愛主義の恋愛レーベル

BOOKS Eternity

BOOKS Eternity エタニティ

今度こそ君の手を離さない

君に何度も恋をする

井上美珠《いのうえみじゅ》

装丁イラスト／篁ふみ

出版社で校正者として働く二十九歳の珠莉《じゅり》。ある事情で結婚を考え始めた矢先、元カレの玲《れい》と再会する。珠莉にとって、彼は未だ忘れられない特別な人。けれど、玲の海外赴任が決まった時、自ら別れを選んだ珠莉に、彼ともう一度なんて選択肢はなかった。それなのに、必死に閉じ込めようとする恋心を、玲は優しく甘く揺さぶってきて……？　極上イケメンと始める二度目の溺愛ロマンス！

詳しくは公式サイトにてご確認ください。
https://eternity.alphapolis.co.jp/

この作品に対する皆様のご意見・ご感想をお待ちしております。

おハガキ・お手紙は以下の宛先にお送りください。

【宛先】

〒150-6019 東京都渋谷区恵比寿4-20-3 恵比寿ｶﾞｰﾃﾞﾝﾌﾟﾚｲｽﾀﾜｰ 19F
（株）アルファポリス　書籍感想係

メールフォームでのご意見・ご感想は右のＱＲコードから、
あるいは以下のワードで検索をかけてください。

アルファポリス　書籍の感想　検索

ご感想はこちらから

本書は、「アルファポリス」（https://www.alphapolis.co.jp/）に掲載されていたものを、
改稿、加筆、改題のうえ、書籍化したものです。

契約結婚《けいやくけっこん》のはずが、幼馴染《おさななじみ》の御曹司《おんぞうし》は溺愛婚《できあいこん》をお望《のぞ》みです

紬 祥子（つむぎ しょうこ）

2025年 2月 25日初版発行

編集－加藤美侑・森 順子
編集長－倉持真理
発行者－梶本雄介
発行所－株式会社アルファポリス
〒150-6019 東京都渋谷区恵比寿4-20-3 恵比寿ｶﾞｰﾃﾞﾝﾌﾟﾚｲｽﾀﾜｰ19F
TEL 03-6277-1601（営業） 03-6277-1602（編集）
URL https://www.alphapolis.co.jp/
発売元－株式会社星雲社（共同出版社・流通責任出版社）
〒112-0005 東京都文京区水道1-3-30
TEL 03-3868-3275
装丁イラスト－水野かがり
装丁デザイン－AFTERGLOW
（レーベルフォーマットデザイン－hive&co.,ltd.）
印刷－中央精版印刷株式会社

価格はカバーに表示されてあります。

落丁乱丁の場合はアルファポリスまでご連絡ください。

送料は小社負担でお取り替えします。


ISBN978-4-434-35328-4 C0093